ミスリル令嬢と
笑わない
魔法使い
3
早瀬黒絵
Illust. 汐谷しの

「ずっとわたしの旦那様でいてね」
ミスタリア＝リルファーデ
愛称：ミスリル
魔法士団・紫水のお掃除メイド
アルフリードと婚約した

「女神に誓って、
僕はミスティだけのものだ」
アルフリード＝
リュディガー
魔法士団・紫水の副士団長
ミスリルを溺愛する『氷の貴公子』

Contents

ミスリル令嬢と笑わない魔法使い

3

早瀬黒絵

Illust. 汐谷しの

第一章　リルファーデ子爵代理

「おはようございます、ミスティ」

聞き慣れた声に振り返る。

そこには、金髪に青い瞳の非常に顔立ちが整った男性——……わたしの婚約者がいた。

「おはようございます、アルフリード様！」

ミスティこと、ミスタリア＝リルファーデとはわたしの名前である。こう見えて子爵令嬢だ。

そして、今声をかけてきたのはアルフリード＝リュディガー公爵令息で、わたしの婚約者で恋人でもある。

……うーん、毎日見てもアルフリード様はカッコイイなあ。

女性としての魅力がないと婚約者から婚約の破棄を突きつけられて、家のために王城の宮廷魔法士団・紫水《しすい》のお掃除係として働き始めたわたしはそこでアルフリード様と出会った。

アルフリード様はよく気にかけてくれて、わたしもアルフリード様のことが気になって、虐めとか元婚約者のこととか、色々とあったけれど、こうしてお付き合いをして公爵家と子爵家の両家公認の婚約もしている。

「どうかしましたか？」

まじまじと見つめているとアルフリード様に訊かれた。

「いえ、今日もアルフリード様がカッコイイなあと思って」

「……ありがとうございます」

照れた様子で視線を逸らしたアルフリード様は、こちらを向くとわたしの頭を撫でた。

「ミスティも、今日も大変可愛らしいと思います。いつもと髪型が違いますね」

最近は三つ編みが多かったけれど、今日は気分を変えようと二つお団子にしている。

「三つ編みとこれと、アルフリード様はどっちが好きですか？」

「それは、とても迷う質問ですね……」

朝食を摂るために並んで食堂へ向かう。

わたしはお掃除メイドとして住み込みで働いているけれど、アルフリード様は公爵家住まいで、でも週に何度かこうして朝から会いに来てくれる。アルフリード様は朝食を摂らない主義らしいが、飲み物を頼み、いつもわたしの朝食に付き合ってくれるのだ。

歩きながら真面目な顔でアルフリード様が言う。

「どちらか一方を選ぶのであれば、やはりいつもの三つ編みのほうが好きかもしれません。今の髪型も可愛らしくて良いのですが、私個人の感想としては、ミスティが動く度に揺れる三つ編みも可愛らしいと思います。それに……」

と、言いかけて、アルフリード様が唐突に黙った。

横を見上げると少し目尻の赤くなったアルフリード様と目が合う。

「アルフリード様？」

「……いえ、何でもありません。私は三つ編みのほうが好きです」

何を言いかけたのか凄く気になる。

でも、見上げてみてもアルフリード様は困ったように少し眉を下げるだけだった。

「じゃあ明日からはまた三つ編みに戻しますね」

アルフリード様が真面目な顔で「ええ、お願いします」と言うものだから、笑ってしまった。

そうして一緒に朝食の時間を過ごし、一緒に出仕する。

「それでは、また後ほど」

別れ際にアルフリード様が少し屈んで、わたしの頭を引き寄せると、額に口付けられた。

驚いているうちにアルフリード様は士団長室へ向かってしまい、わたしはしばし赤い顔で廊下に佇むことになった。人の話し声が聞こえてきたことでハッと我へ返る。

……アルフリード様、不意打ちは良くないと思います……！

嬉しいけれど、ドキドキと心臓が早鐘を打っている。

掃除道具の用意などがあるため、倉庫へ向かいつつ、アルフリード様に口付けてもらった額に触れた。そこに何か、温もりが残っているような気がした。

「……今日も頑張れそう」

何はともあれ、良い一日が過ごせそうだ。

◇◇◇

「姉上、変なところ、ない？」

イシルディン＝リルファーデが問えば、姉が頷いた。

「大丈夫、凄くよく似合ってるよ！」

そう言った姉の後ろでメイドのアニーも頷く。

何度も姿見で確認をしたので大丈夫だと分かっていても、つい気になってしまう。

今日はリュディガー公爵家に行く日だ。姉は何度も行ったことがあるから平気そうだが、イシルディンは初めて行くため、どうしても緊張してしまう。

楽観的な姉は「公爵家の方々は優しくて良い方ばっかりだから、そんなに気を張らなくても平気よ」と言うけれど、公爵家の人々と会うのに緊張しない人のほうが少ないと思う。

何せリュディガー公爵家はいくつかある公爵位の家の中でも最も力がある。

リュディガー公爵は貴族の中でもかなり発言力のある方で、リュディガー公爵夫人は陛下の妹で、嫡男は次期公爵でありながら王家の近衛に選ばれるほど優秀で、その妻も王太子妃殿下とご友人だという。まるで雲の上のような人々なのだ。

……姉上はそんな方々と仲が良いんだよね。

しかも、姉の婚約者であり、公爵家の次男であるアルフリード＝リュディガーは宮廷魔法士団・紫水の副士団長を務めている。

「坊っちゃま、お嬢様、アルフリード様がお越しになられました」

家令のヴァンスが義兄を案内して来る。

パッと姉の表情が明るくなり、立ち上がった。

「アルフリード様！」

中へ入ってきた義兄に姉が駆け寄る。

そんな姉上を、青い瞳が目を細めて見下ろした。

「こんにちは、ミスティ」

その呼び方にドキリとする。

父と母が姉を呼ぶ時に使っていた愛称だった。

姉が嬉しそうに笑う。

「こんにちは、お迎えありがとうございます！」

「お気になさらず。早くミスティに会いたかったのと、イシルディンのことが気になったので、来てしまいました」

……また始まった。

この二人は本当に仲が良い。正直、あんまりにも良すぎるので、イシルディンはたまに姉を取られてしまったような気分になる。

でも同時に、姉をそこまで愛して大事にしてくれる義兄だからこそ、安心して姉を任せられる。

姉と結婚するために義兄は子爵家に良くしてくれている。

金銭的な援助、社交面での後見、姉が以前婚約していた男の家であるイルンストン伯爵家との交易の一部を取りやめた際にも次の交易相手を紹介してくれたというし、姉に対しての支援も惜しまず、婚約破棄されて傷付けられた姉の名誉も回復した。

最近は次期子爵のイシルディンのために、より良い教師を紹介してくれて、そこからイシルディンの交友関係も以前より更に広まりつつある。

まだ姉達が結婚していないのにイシルディンが彼を義兄と呼ぶのは信頼と期待を込めてだ。

公爵家、そしてアルフリード＝リュディガーが姉とリルファーデ子爵家を助けてくれたことへの感謝。姉を守り、幸せにしてくれることへの期待。

多少の寂しさはあるが、姉が幸せならばそれでいい。

「義兄上《あにうえ》、迎えに来てくださり、ありがとうございます」

義兄がこちらを向いて、少しだけ目尻を下げた。

「いえ、こちらこそ予定を合わせていただけて助かりました。父も母も、兄達も、皆イシルディンと会って話したいと言っていたので」

「僕も我が家や姉に良くしていただいている公爵家の皆様にきちんとご挨拶をしたいと思っていたので、機会を作ってくださったこと、本当に感謝しています」

姉が婚約してから何度か我が家に来ている義兄に呼び捨てで良いと言ったのだが、姉はそれが嬉しいようで、こうして話している横でニコニコしている。

……多分、僕と義兄上が仲良くしていることが嬉しいんだろうな。

それからアニーとヴァンスに留守を任せ、姉と義兄と共に、馬車に乗って公爵家に向かう。

今まで移動は辻馬車を使っていたので、こうして専用の馬車に乗るというのは落ち着かない。

姉と義兄は向かいの席に並んで座って手を繋いでおり、見ているこちらが気恥ずかしくなる。

義兄は基本的に無表情な人だけれど、別に感情がないというわけではなく、姉いわく「感情が顔に出ないだけ」らしい。

確かに、よくよく注意して見ていれば姉と話している時の義兄は穏やかな雰囲気で、目を細めており、見る角度によっては微かに笑っているふうに見えなくもない。

……それでも淡々として見えるけどね。

姉が感情豊かな人なので、むしろこれくらいのほうが釣り合いが取れて良いのかもしれない。

「イシルディン、そんなに緊張せずとも大丈夫ですよ。今回の招待は家同士の繋がりを強くするためもありますが、母と義姉《あね》がミスティの弟であるあなたとも是非仲良くしたいということで招くのですから」

そう言われても、やはり緊張はする。

「そうだよ、お義母様《かあさま》達もとっても優しいし、凄く良くしてくれるし、きっとイシルも公爵家の皆様のことを好きになるよ。公爵家の皆様もイシルのこと、好きになってくれると思う」

姉が朗らかに笑う。

それは姉だからでは、という言葉は飲み込んだ。

貴族の令嬢としては少々変わり者だが、姉は不思議と人を惹きつける。姉を嫌う者もいるが、大抵の人は、姉の正直さや明るさを好意的に受け止めてくれる。

そうして人々の輪の中心にいるのが姉なのだ。

「そうだといいな」

そんな話をしているうちに、馬車は目的地へ到着した。

公爵邸は敷地も建物も想像していたよりもずっと広くて美しく、イシルディンは思わず自分の住んでいるタウンハウスがこの敷地に一体いくつ入るのだろうと一瞬、現実逃避してしまう。

これだけでも、子爵家との差は大きい。

姉は楽しそうにしているが、イシルディンは緊張で少し胃が痛かった。

正面玄関に馬車が停まると外から扉が開かれる。

まず義兄が降り、次にイシルディンが降りて、義兄の手を借りながら姉が降りる。

当たり前のように姉は義兄の手に自分の手を重ねている姿に言い様のない気持ちが湧いた。

姉の前の婚約者であったイルンストン伯爵令息も一応姉が馬車に乗った時は手を貸していたものの、姉と義兄のような、互いへの信頼感はなかった。

しかも姉と義兄はそのまま腕を組む。

リュディガー公爵家の家令に出迎えられて、邸の中に案内された。

公爵邸は外観も美しいが、内装も華やかで美しく、しかし下品な感じは全くない。

家令が先頭を歩き、義兄にエスコートされながら姉が、そして最後にイシルディンが続く。

「ミスティと婚約してから全員で集まる回数が増えて、母があなたに感謝していましたよ」

「そうなんですか？　私もお義母様達とお話しするのが楽しいので、むしろ私のほうこそ『ありがとうございます！』という感じです」

……姉上は本当に公爵家に慣れたな。

元より姉は自分と違って度胸のある人だ。最初は緊張しただろうけれど、今の様子からして姉はもう公爵家の方々とは仲良くなれたようだ。

前で話す二人を眺めつつ、廊下を進み、応接室らしき部屋に通される。

家令が扉を開け、そこへ姉と義兄が入り、イシルディンも入った。

そこにはリュディガー公爵家が集っていた。

「ようこそ、我がリュディガー公爵家へ」

公爵様だろう年嵩の男性に声をかけられる。

イシルディンはすぐに礼を執った。

「皆様、お初にお目にかかります、リルファーデ子爵家が嫡男イシルディン＝リルファーデと申します。お忙しい中、このような場を設けていただき感謝申し上げます」

公爵家の方々は顔を見合わせると小さく笑った。

「まあ、ミスリルちゃんに聞いていた通り、礼儀正しくて可愛らしい方のようですわね」

公爵夫人が微笑ましげに目尻を下げた。

「さあ、座ってくれ」と公爵様に促されて席に着く。

　サッと控えていたメイドがお茶を差し出してくれる。

　それに礼を述べてから一口飲む。普段家で飲んでいるものよりもずっと美味しくて、かなり良い茶葉なのが分かった。

「まず自己紹介をしよう。私がリュディガー公爵家の当主、ウェインツ＝リュディガーだ。そしてこちらは私の妻のディアナ、長男のアーノルド、そしてアーノルドの妻のリュミエラだ」

　公爵様の紹介にそれぞれが浅く頭を下げてくれて、イシルディンも慌てて同じように浅く頭を下げて挨拶を返した。

　……さすが公爵家。美男美女ばかりだ。

　貴族は爵位が上の者ほど見目が良い。

　それは爵位や金銭面で、相手を選べるという点が大きいからだ。

「ご丁寧にありがとうございます」

　公爵様が小さく首を振った。

「そう堅くなる必要はない。我々は今後ともリルファーデ子爵家とは良き関係を築きたいと考えているし、君とも家族同士で親しくなれていけたらと思っている」

「ええ、そうですわ。ミスリルちゃんが義理の娘なら、その弟君は義理の息子同然ですもの」

　穏やかな表情の公爵夫妻に言われて、イシルディンは驚くと同時に、ああ、なるほどと思った。

　きっと、姉の時もこんなふうに受け入れてくれたのだろう。

　姉はそんな公爵家の方々だからこそ、義父義母《ちちはは》と呼ぶようになったのかもしれない。

「そのようにおっしゃっていただけて光栄です。……実は、ずっとご挨拶をしたいと思っていました。姉の醜聞を消してくださったことだけでなく、我が家への援助や僕の家庭教師の紹介など、リュディガー公爵家の皆様には感謝をしても、しきれないほどにご恩を感じています」

「我々のほうこそ、リルファーデ子爵家には感謝しているのだ。アルフリードの結婚式を見ることはないかもしれないと思っていたのだが、ミスタリア嬢のおかげで式を挙げることが出来そうだ。リルファーデ子爵家への援助は当然のことで、むしろ、こちらが礼を言いたいくらいだ」

公爵様が義兄を見る。

その目が和やかに細められて、あ、と思った。

その仕草は義兄にそっくりだったから。

義兄の話は友人からも、姉からも聞いている。

一度婚約したものの、何らかの事情で婚約は解消され、それから義兄は誰とも婚約を交わすこともなく一人だった。あまりに人を寄せ付けず、ご令嬢達からの誘いも婚約の打診も断り続け、社交界では『氷の貴公子』と呼ばれていた。

淡々としては見えるけれど『氷の貴公子』は少々言い過ぎな気もするが……。

「そうだとしても、姉を守ってくださり、我が家を助けていただいたこと、アルフリード様と公爵家の皆様には本当に感謝しております。今後とも姉共々よろしくお願いいたします」

「ああ、こちらこそ、アルフリード共々よろしく頼む」

公爵様の言葉にホッとして、少し肩の力が抜けた。

公爵家と子爵家では身分差がありすぎるため、こうして受け入れてもらえることは珍しい。

普通は爵位が低いほうの家がどうしたって弱くなり、爵位が高いほうの家の言いなりになってしまうことが多いのだ。だが公爵家は子爵家にそういった態度は取っていない。

……本当に、感謝してもし足りない。

「それにしても、ミスリルちゃんとよく似ていらっしゃるのね」

公爵夫人の言葉にイシルディンは頷いた。

「姉も僕も母方の祖母と母に似ているそうです」

「そうなの、姉弟で似ているというのもいいものね」

「俺達は家族でもみんなあまり似ていないから」

公爵夫人とアーノルド様が苦笑する。

それにイシルディンは目を瞬かせた。

「そうでしょうか？　公爵家の皆様はご家族だけあって似ていらっしゃると思います。公爵様とアーノルド様、アルフリード様は目を細めた感じがそっくりですし、瞳の色はディアナ様とアルフリード様は同じです。皆様の綺麗な金髪も、僕は、よく似ていて素敵だなと感じました」

また、公爵家の皆様が顔を見合わせた。

そうして嬉しそうに笑った。

「そうか、そのように言ってもらえるとは」

「そうよね、家族だもの。似ているところがあって当然ね」

あんまりにも嬉しそうにするので、イシルディンのほうが驚いてしまった。

……何でそんなに喜んでいるのだろう？

家族なのだから、多少見た目が違っても、似ているのは当たり前のことだ。

つい、と横から姉につつかれる。

「やっぱりイシルもそう思った？　お義父様《とうさま》達とアルフリード様が目を細めた感じとか、雰囲気とか、よく似てるよね」

姉の言葉に頷き返す。

「そうだね」

姉の横で義兄が少しだけ目を細めた。

それに気付いた姉が「良かったですね」と同じように笑っている。

「ところで、アルフリードを義兄《あに》と呼ぶなら、私のこともそう呼んでくれてもいいと思うのだが、どうだろうか？」

アーノルド様の言葉に目を丸くしてしまう。

「え」

まだ会ったばかりでそのように言われるとは考えてもいなかった。

「アルフリードはいるが、この弟ときたら最近は全然甘えてくれなくなって、兄としては少し寂しかったんだ。それに弟というのは何人いても嬉しいものだ」

「兄上、それはいきなりすぎるでしょう」

「だが、お前は義兄《あに》と呼ばれているじゃあないか」

「それはミスティの婚約者であり、いずれは義理の兄となるからです。兄上は義理の兄の兄という微妙な立場ではありませんか」

「それでも、義兄《あに》の兄なら『義兄』と呼んでもいいだろう」

「いえ、ですからそこまでいくと……」

義理の兄達の会話に思わず笑ってしまった。

公爵家というから、気を張っていたけれど、姉の言う通り優しくて、穏やかで、イシルディンの好きな感じの人達だった。

姉を見れば、笑っていた。

まるで「ね、言った通りだったでしょ？」と言いたげで、イシルディンは小さく頷いた。

「それでは、アーノルド義兄上《あにうえ》と呼ばせていただきます」

それにアーノルド様、いや、アーノルド義兄上が嬉しそうに目を細めて笑い、アルフリード義兄上が少し呆れた顔をして、公爵夫妻は穏やかに笑っている。

姉も幸せそうな笑みを浮かべていた。

もしイルンストン伯爵令息と姉が結婚していたら、姉のこんなに幸せそうな笑顔を見ることはなかっただろう。

アルフリード義兄上とリュディガー公爵家だからこそ、姉はこうして幸せそうなのだ。

「良かったね、姉上」

姉が幸せならば言うことはない。

イシルディンのたった一人の大切な家族。

でも、これからは大切だと思える人が一気に増えそうだとイシルディンは内心で苦笑した。

姉が公爵家の人々を好きなように、イシルディンも公爵家の人々を好きになる予感があった。

「うん！」

頷いた姉の表情は晴れやかだった。

その後も穏やかに談笑をして過ごしたが、アルフリード義兄上《あにうえ》から「重要なお話があります」と言われて、姉と一緒に三人で移動した。

案内されたのはアルフリード義兄上の部屋であった。

姉は何度も来ているようで、慣れた様子だ。

イシルディンが促されてソファーへ座ると、アルフリード義兄上が向かい側に座り、当たり前のようにその隣に姉が腰掛けた。アルフリード義兄上の手が姉の腰に回る。

思わずジッと見ていれば、二人が不思議そうな顔をする。

……でも、姉が弟離れをして少し寂しいなんて、甘えかな。

何でもないと首を振った。

使用人が紅茶や菓子を用意して、部屋を出ていく。

アルフリード義兄上が紅茶を飲み、どうぞ、と勧められてイシルディンも紅茶を飲む。

何回飲んでもやはり美味しい。子爵家で普段飲むものとは全く違う。

「それで、重要なお話とは何でしょうか？」

ティーカップをソーサーに戻し、テーブルへ置く。

「まず、ミスティとのこれからの話なのですが、そろそろ婚姻に向けて準備をと考えています」

姉もアルフリード義兄上も成人しているし、婚約しており、婚姻を考えるのは普通のことである。むしろこうしてきちんと考えて、準備を始めることを伝えてくれるのは嬉しい。

「そうですね。式の準備を考えると最低でも三ヶ月くらいは必要だと聞きますし、今から始めるといいと思います」

「反対しない、よね……？」

姉が恐る恐る訊いてくるので頷いた。

「しないよ。アルフリード義兄上も、リュディガー公爵家の皆様も、とても良い方々ばかりだから姉上を安心してお任せ出来るし」

姉がホッとした様子で胸を撫で下ろす。

「叔父さんから了承はもらってる？」

「もちろん！　昨日、返事が届いたよ。ただ、手紙には三日後にこっちに来るって」

「え、三日後？　それじゃあ叔父さん、手紙を出してすぐにこっちに向かってるってこと？」

「そうみたい」

王都からリルファーデ子爵領までは馬車で数日かかる。あまり近くはないが、それでも姉の婚約者と会うために忙しい中、時間を作って会いに来てくれるのだろう。

……叔父さん、姉上に似てるからなあ。

たまに姉は叔父の子なのでは、と思うことがあるくらい姉と叔父は性格が似ている。

叔父のほうが頭は良いのだけれど、考えたことをすぐに行動に移したり、貴族らしからぬことをしたり、反応もわりとそっくりなのだ。

姉も叔父も、イシルディンを愛してくれている。

イシルディンも、なんだかんだ二人が好きだ。

借金を抱えた時、親戚は誰も助けてくれなかったが、叔父だけは両親を失ったイシルディン達を手助けし、奔走し、イシルディンが爵位を継ぐまで代理を引き受けてくれた。

しかし、と姉と顔を見合わせた。

叔父は姉と似ているが、姉が男だったらこうなのだろう、という感じの性格である。

……公爵家の方々に失礼なこと、しないかな。

少々不安が残る。

「とりあえず、叔父様は別に宿を取るそうよ。公爵家にご挨拶に来て、その後にイシルの顔を見に行くって」

「そっか、分かった」

「あ、それとね、もう一つ！　半年後にわたし達が結婚した後、今イシルがいるタウンハウスにアルフリード様と暮らせないかなって話をしているの！」

二人が結婚式を挙げるとして、それからしばらく後に十六歳の誕生日を迎えて社交界デビューをしたら、イシルディンは領地へ戻り、叔父の下で子爵としての仕事を学ぶ予定である。

イシルディンが王都を出た後、屋敷は引き払うつもりだった。

だが、正直屋敷を手放すのは惜しかった。何度か両親と来た思い出もあるし、姉と過ごした思い出もあり、イシルディンにとっては第二の我が家だ。

「……ダメかな？」

姉の問いに笑う。

「いいと思うよ。むしろ、あの屋敷を残してくれるのは嬉しいかな。沢山思い出もあるし」

「では、婚姻後はそちらへ住まわせていただいても？」

「はい、どうぞ。恐らく、姉上とアルフリード義兄上が式の後に住んで、三、四ヶ月ほどしたら僕は領地へ戻ります。……ヴァンスとアニーはどうする？」

そこそこ年老いた二人の使用人はどうするか。

「二人に訊いてみてくれる？　もしイシルと領地へ戻るならそれでいいと思うし、残ってくれたとしてもわたしは嬉しいから」

「じゃあ帰ったら訊いておくよ」

もし二人が領地へ帰るとしても公爵家から使用人を連れてくるそうなので、問題はないらしい。

イシルディンが頷くと静かになる。いつもならよく喋る姉が妙に静かである。

「実は、もう一つ重要なお話があります」

アルフリード義兄上の言葉に首を傾げた。

「えっと、まだ何かあるのでしょうか……？」

姉とアルフリード義兄上が同時に頷く。

そして、アルフリード義兄上が何か紙を取り出した。

それは魔法がかかった誓約書だった。

「これから、私の秘密をイシルディンに話します。それは私の以前の婚約が流れた理由でもあり、王家や公爵家に関わることでもありますので、先にこちらへ署名をしていただきたいのです。……もし、聞きたくないというのであればやめることも出来ます」

差し出された誓約書の内容を要約すると、アルフリード義兄上の出自や秘密に関することを他者へ話す、または教えるといった行為を禁止するものだった。

……誓約書を使うってことは、よほどのことなんだ。

「それは家族として知っておくべきことですか？」

「はい」

「姉上は知ってるの？」

「うん、知ってるよ」

いつも笑顔の姉が、今は真面目な顔で頷いた。

息を吸い、そして、ペン立てからペンを取る。

誓約書に自分の名前を書いて差し出した。

魔法が発動し、体が淡く光った。

「イシルディン、このようなことをさせてしまい申し訳ありません」

「いえ、王家や公爵家に関することでとなれば、こうして誓約魔法をかけていただいたほうが僕自身も安心出来ます。何かあって、うっかり漏らしてしまう心配もありませんから」

ふ、とアルフリード義兄上が目元を和ませる。

「さすが姉弟ですね」

どうやら姉も似たようなことを言っていたらしい。

誓約書を仕舞うとアルフリード義兄上が話し始めた。

「この国の王家には建国以来、呪いを持つ者が生まれます」

それはこの国の始まり、王家、そして確かに公爵家に関わる、魔王と呼ばれた古のドラゴンとアルフリード義兄上の話であった。

◇◇◇

「――……そして、今代のドラゴンの呪い持ちが私なのです」

全てを話し終えたアルフリードは、右腕の袖を捲った。

そして、意識して呪いを出現させる。

腕と顔に硬質な鱗が浮かび、恐らく、目も瞳孔が裂けているだろう。

左腕にミスティが手を添えてくれている。

「これがその呪いです」

向かい側に座るイシルディンの、ミスティと似た紫の瞳が大きく見開かれる。

それ以上先が見られず、目を伏せる。

怯えるか、気味悪がるか。

……出来たら受け入れてほしい……。

これから義理の兄弟となるのだから、嫌わないとまでいかなくとも、怖がらないでほしい。

「心配しないでください。呪いは触れても移ることはありません。この呪いは生まれつきのものですので……」

イシルディンが俯く。

……やはり、そう簡単には受け入れては……。

「……ぃ」

ぼそ、とイシルディンが何かを呟く。

そして、ぐわっと立ち上がると身を乗り出した。

「凄い、本当にドラゴンは存在したんですね⁉」

テーブルへ両手をついて、身を乗り出したイシルディンにアルフリードはギョッとした。

慌てて、見せるために前へ出していた右腕を引っ込める。

もし変化した爪がイシルディンを傷付けたら大変だ。

けれども、イシルディンの目はまっすぐにアルフリードの顔を見つめていた。

「うわあ、鱗がかっこいいです！　ドラゴンの鱗をこの目で見ることが出来るなんて凄い‼　目も縦に裂けるってことは、もしかして暗闇でも見えたりするのでしょうか⁉」

怒涛の勢いはどこか既視感を覚える。

「え、ええ、まあ、人よりかは夜目は利きますが……」

「他には⁉　まさか、ドラゴンの翼があったり……⁉」

「あ、いえ、それはありませんが……」

「そうなんですね……」

残念そうにイシルディンが肩を落とす。

横を見れば、ミスティが笑っていた。

それは「ね、言った通りでしょう？」というふうだった。

イシルディンにドラゴンの呪いについて話したいと告げた時、ミスティはこう言った。

「大丈夫、イシルは怖がったりしないよ！」

その言葉を疑っていたわけではないが、怖がられない自信もなかったため、話している最中も口の中が渇くほど緊張した。

だが、それは杞憂だったようだ。

「本当にドラゴンなんですよね？　うわ、かっこいい！　アルフリード義兄上がドラゴン⁉」

「そうだよ、アルフリード様はドラゴンなんだよ！　カッコイイよね⁉　この鱗の整い具合とか、触るとちょっと硬くてツヤツヤだけど、肌っぽくて触り心地も好いんだよ‼」

「何それ羨ましい‼」

身長は違うけれど、顔立ちがそれなりに似た姉弟が同じように興奮しながら騒いでいる。

アルフリードはそれに束の間、呆気に取られた。

ミスティの時ですら予想外だったのに、その弟のイシルディンまで、怖がるどころか子供のようにキラキラと目を輝かせて見つめてくるのだ。

よく似た二対の紫の瞳がアルフリードへ振り返る。

「アルフリード様、イシルディンに触らせてあげてください！」

「アルフリード義兄上、腕を触らせてください！」

「お願いします‼」と二つの声が元気に重なった。

思わずアルフリードは俯いた。

「っ……」

そして、堪え切れずに吹き出した。

突然笑い出したアルフリードに、ミスティとイシルディンがきょとんとした顔をする。

それがそっくりだったので余計に笑いが止まらない。

……ああ、本当に大丈夫だった……！

なんて可愛い姉弟なのだろう、と思う。

きっと周りの人々に大事に愛されて育ったのだと分かる。

二人が不思議そうに顔を見合わせている。

「すみません、つい……」

まだ湧き上がる笑いを抑えて謝罪する。

「イシルディンは私のことが……いえ、ドラゴンの呪いが怖くないのですね」

「驚きはしました。でも、怖くはありません」

イシルディンが笑う。

「僕、小さな頃は人見知りで、いつも屋敷の中だけで遊んでいたんです。姉上がよく一緒に遊んでくれたり、連れ出してくれたりしましたが、夜寝る前に姉上が色々な話をしてくれて、その中にドラゴンの話があったんです」

ミスティの話した物語の中では、ドラゴンは強く、優しく、そして魅力的な存在だったらしい。

しかも姉のミスティが蛇や蜥蜴などが好きで、イシルディンにも見せたりしていたこともあり、イシルディンも蛇や蜥蜴などの生き物が好きなのだとか。

だからドラゴンの呪いと聞いた時、昔話や物語の中だけの存在ではないと分かって、むしろ嬉しかったのだと言う。

「何より、アルフリード義兄上がドラゴンだったとしたら、きっと、姉上が話してくれた物語の中のドラゴンみたいに優しいんだろうなと思ったので」

その言葉がアルフリードは嬉しかった。

「……ありがとうございます」

呪いを受け入れてもらえて良かった。

愛する人がいて、呪いを拒絶しないでくれて。

愛する人の家族もアルフリードを受け入れてくれる。

そんな夢みたいな現実が何より嬉しかった。

◇◇◇

アルフリード様がイシルディンに呪いを打ち明けてから五日後。

何事もなければ二日前くらいに叔父様が王都に到着しているはずで、今日は叔父様に会いたくてお休みをもらったのだ。ちなみにアルフリード様も一緒だ。

「私も是非、ご挨拶がしたいです」

と言ってくれて、叔父様も手紙でわたしの婚約者に会いたがっていたので丁度いい。

ちなみに呪いの件だが、公爵家から使いの者を送り、お義父様が手紙を送ったことで叔父様も知っている。叔父様は呪いを承知の上で婚約を認めてくれた。

もちろん、わたしにも遠回しな文章で確認の手紙が届き、それに知っている旨とアルフリード様のことが好きだということも書いて送った。いかにアルフリード様が好きか語りすぎて、ちょっと分厚い手紙になったけれど。

それはともかく、わたし達がタウンハウスに着くと、アニーやヴァンスよりも先に叔父様が飛び出してきた。

「おお、ミスリル、会いたかったぞ！」

　ぐわっと勢いよく抱き締められる。

　とっさに身体強化をかけたので倒れたり、よろけたりすることはなかったものの、横にいたアルフリード様は驚いた様子だった。

　抱き締められたかと思えば、パッと離れた叔父様がわたしの肩を両手で掴むとバシバシと叩く。

「相変わらず小さいなあ。しかし随分と可愛くなった！　女性は恋をすると変わると言うが、本当だったな！」

　わはは、と豪快に笑う叔父様にわたしは苦笑した。

　綺麗な銀髪をオールバックにした、見た目はカッコイイ貴族のおじさまなのだけれど、口を開くと近所のおじさんみたいな感じは相変わらずみたい。

「そういう叔父様こそ、お元気そうですね」

　叔父様の向こうから足音と共に声がする。

「叔父さん、姉上は立派なレディですから、もっと丁寧に扱ってください。それとアルフリード義兄上が驚いています」

「ああ、そうだな、すまんすまん」

　肩から叔父様の手が離れる。

　ひょこりと叔父様の肩越しにイシルディンが顔を覗かせた。

「姉上、おかえり。アルフリード義兄上も、どうぞ中に入ってください。あと叔父さんは玄関塞がないで」

「なんだ、イシル、俺に冷たくないか？」

「自分の胸に手を当てて考えてみてください」

イシルディンの言葉に叔父様は横に避けつつ、自身の胸に手を当てて本当に考え出した。

「叔父様が何かしたの？」

「一昨日から家に入り浸って、僕の家庭教師や友人に挨拶して、それはいいんだけど、すぐに昔の話をし出すから……」

「昔の話？」

「……おねしょしてた頃のこととか」

「……それは叔父様が悪いよね」

そういう話をされるのは確かに恥ずかしいだろう。

叔父様が胸を張って堂々と言う。

「甥っ子、姪っ子の自慢をして何が悪い」

「自慢なら自慢になるような話をしてください」

「だってあの頃のイシルは可愛くて……いや、分かった分かった。これからは気を付ける」

ジロリとイシルディンに睨まれて、叔父様が両手を上げる。

溜め息をこぼすイシルディンに促されて、屋敷の中へ入り、居間に通される。

アニーとヴァンスもいて、アニーがすぐに紅茶を用意してくれた。

向かい合ったソファーの片側にイシルディンと叔父様が、テーブルを挟んで反対側にわたしとアルフリード様が座る。

「改めて、私はシルヴィオ＝リルファーデといいます。今は子爵代理を務めています。ミスリルとイシルの父親の弟で、二人の叔父に当たりますね」

きちんとした言葉遣いの叔父様に内心でまた苦笑した。

……いつもこうならいいんだけど。

「こちらこそ改めまして、アルフリード＝リュディガーと申します。ミスタリア嬢との婚約を認めていただき、ありがとうございます。それから、私に対しては普段通りに接していただけたら嬉しいです」

「お、いいのかい？　いやあ、堅苦しいのは苦手でなあ」

何の躊躇いもなく言葉を崩す叔父様を、イシルディンが「ちょっと、叔父さん」と肘でつついて止めたものの、アルフリード様は気にした様子はない。

「ミスタリア嬢のご家族は私にとっても大切な方々で、いずれは親戚となります。何より、公爵家と言っても私は次男に過ぎません。皆様の大切なご家族であるミスタリア嬢を妻に迎える私のほうが、礼を尽くす必要があります」

「ほう？　それだと、あんたよりもミスリルのほうが、立場が上だというように聞こえるが？」

「まさしくその通りです。私はミスタリア嬢に愛を乞い、結婚してほしいとお願いしている立場ですから、彼女の愛を得るための努力は惜しむべきではないと常々思っております」

……え、そんなこと考えていたの、アルフリード様。

驚いて見上げれば、やや困ったようにアルフリード様が眉を下げて見下ろしてくる。青い瞳はいつだって熱が込められていて、言葉がなくても、確かな好意を感じた。

叔父様はアルフリード様をまじまじと見て、それから自分の膝を叩くと嬉しそうに笑った。

「ははは、ミスリルから良い男だと聞いていたが、なるほどな！　これは色々な意味で良い男だ！　俺の可愛い姪っ子を奪うのはどんな男かと思っていたが、ミスリルが惚れるのも分かるな‼」

アルフリード様が目を瞬かせ、わたしを見る。

「良い男と思っていただけているのですか？」

そう訊かれて、わたしは即答した。

「アルフリード様は素敵でカッコイイ男性です」

「ありがとうございます。ミスティも素敵で、可愛らしくて、私には勿体ないくらい素晴らしい女性です。あなたの笑顔にいつも私は胸を撃ち抜かれています」

「嬉しいですけど、倍返しにするのやめませんか⁉」

思わず照れて身を引いたわたしの手を、アルフリード様の手が包み、身を乗り出してくる。

「ミスティ、人から褒められた時は素直に『ありがとう』と返せばいいんですよ」

それは、いつかわたしがアルフリード様に言った言葉だ。

そうしてアルフリード様が繋いだわたしの手に口付ける。

恥ずかしいけれど、嬉しくて、照れくさくて、でもやっぱり目が合うと少し気恥ずかしい。

「……ありがとうございます……」

でも、長所を褒められての『ありがとう』と、可愛いとか素敵とか言われての『ありがとう』は違う気もするような。いやでも同じなのかもしれない。

アルフリードが目を細めて頷いた。

「はい、私もありがとうございます」

「それは何に対してのお礼ですかっ？」

「可愛いミスティを毎日見せてくれることの、でしょうか」

……なんか、似たようなやり取りを前にもした気がする！

もう、とアルフリード様を睨んでいると、豪快な笑い声がまた響く。

「いや、いや、思った以上に仲が良さそうで何よりだ！」

笑う叔父様と、その横でちょっと苦笑するイシルディン、ヴァンスとアニーは微笑ましそうな顔をしている。

「これなら兄さんも義姉《ねえ》さんも安心してくれるだろうな」

「叔父様にそう言っていただけると嬉しいです」

お父様の弟で、お母様とも仲が良かった叔父様が頷いてくれるなら、きっとそうなのだろう。

「それで、兄さんと義姉さんにいつ報告に来るんだ？」

「アルフリード様と予定を合わせて、そのうち行きたいとは思っています」

「そのうち？　そんなこと言ってると、あっという間に機会を逃すぞ。結婚式の準備も始めるんだろう？　余計に忙しくなってこっちに来られなくなるじゃないか」

むっとした顔で叔父様が顎に手を添える。

「せめて二人にきちんと報告してから結婚しなさい」

そのはっきりとした口調にアルフリード様と顔を見合わせる。

アルフリード様がすぐに考えるように視線を落とす。

「そうですね、ご報告は先にしたほうが良いでしょう」

……確かに、いつか、なんて言っていたら行かないかも？

どうせどこかでお休みをもらって行くなら、結婚前に行って、お父様とお母様だけでなく、カントリーハウスや村のみんなにも報告したほうがいいのかもしれない。

「こうして予定を合わせて来てるってことは、休みが取りにくいわけじゃあなさそうだし、二週間くらい休みをもらって領地に来ればいい。なんなら、俺が帰る時に一緒に来るか？」

叔父様の問いかけに考える。

「叔父様はいつ王都を出ますか？」

「三日後だな。明日、リュディガー公爵家の方々へご挨拶に伺って、帰りの準備して、土産を買って、馬車で帰る」

ここからリルファーデ子爵領までは馬車で四日ほどなので、往復で八日、向こうに三日か四日いても、二週間で帰ってこられるだろう。

「分かりました。訊いてみます」

「私も士団長に訊いてみますが、今の時期は仕事が少ないので休みを取れると思います」

アルフリード様と共に頷く。

叔父様が「よし！」と膝を叩く。

「そうと決まれば、こっちも領地へ手紙を送っておく。きっとみんな大喜びするぞ」

ニッと笑った叔父様はとても嬉しそうだった。

◇◇◇

「と、いうわけで明日から二週間ほどお休みをいただきたいのですが、大丈夫でしょうか……？」

翌日、出仕してすぐ、アルフリード様と共に訊いてみた。

わたしがお掃除メイドとして働いている魔法士団・紫水の一番偉い人、つまり士団長様であるナサニエル＝メルディエル様がにこりと微笑んだ。

「うん、いいよ～」

紫の髪を三つ編みにして、金の瞳にメガネをかけた、優しそうな外見の士団長様は二つ返事で了承してくれた。あまりにあっさりと許可が出たので驚いた。

「え？　そんなあっさり、いいんですか？」

思わず訊き返したわたしに士団長様が頷く。

「今は仕事もそんなに忙しくないからアルフリード君が抜けても何とかなるし、掃除のほうもいつもミスリルちゃんが頑張ってくれて綺麗だから、二週間くらい抜けても多分何とかなるよ〜」

大丈夫かな、と思っていると横から声がする。

「大丈夫、俺が見張っているから」

紫水の二人いる副士団長の一人、ジョエル＝ウェルツ様が苦笑交じりにそう言った。

「見張るって酷くない？　さすがに二週間くらいでそんなに汚したりしないよ〜？」

「そうだといいですが。とりあえず、要らないからってその辺にポイポイ捨てないでくださいね」

「……」

スッと視線を逸らしたメルディエル様を、ウェルツ様が呆れた顔で見て、けれどもすぐにウェルツ様は机の引き出しから書類を出すと、わたし達へそれを差し出した。

「二人はこの休暇申請を書いてください。許可印を押しますので。気にせず、ゆっくり楽しんできてくださいね」

「そうそう、結婚の報告に行くついでに、婚前旅行を楽しんでおいで〜」

……婚前旅行。

そう言われるとドキッとする。

アルフリード様を見上げれば、特に気にした様子はなさそうで、休暇申請の書類を受け取っていた。目が合うと不思議そうに少し小首を傾げられる。

「ミスティ、どうかしましたか？」

「……いえ、何でもありません。ありがとうございます」

　差し出された書類を受け取る。

　……アルフリード様と二週間、ずっと一緒なんだよね？

　久しぶりに領地に帰る嬉しさもあるが、同じくらい、アルフリード様と一緒に過ごせる時間が増えることが嬉しい。アルフリード様に領地のみんなを紹介するのも楽しみだ。

「楽しい旅行にしましょうね、アルフリード様！」

　そう言ったわたしの頭をアルフリード様が撫でる。

「そうですね、この休暇を目一杯、楽しみましょう」

　休暇申請を書いてウェルツ様に提出した後。

　何事もなく仕事を終えて、アルフリード様と別れ、寮へと戻る。向かう先は寮長であり、わたしのもう一人の上司でもある、イリーナ様の部屋だ。

　仕事も終え、時間的にもしかしたら食事に出ているかもしれないとも思ったが、扉を叩くと返事があった。

　ややあって扉が開かれる。

「お疲れ様です、イリーナ様」

「お疲れ様です、ミスタリアさん」

ピシッとしたひっつめ髪にメガネをかけたイリーナ＝オルレアン侯爵令嬢は、三つある士団で働いている使用人達を統括している女性だ。

見た目からしてデキる女性という感じで、少し羨ましい。

「明日から二週間、休暇をいただくことになりました。実家へ結婚の報告をしに行ってきます。休暇の許可はメルディエル士団長様からもいただいております」

紫水の許可印が押された休暇申請書を渡すと、イリーナ様は素早く内容に目を通し、一つ頷いた。

「分かりました。不備もないようなので、このまま提出しておきましょう。……遅くなりましたが、婚約おめでとうございます」

イリーナ様がふっと優しく微笑んだ。

初めて見るそれに驚き、すぐに嬉しさが込み上げてくる。

「ありがとうございます！」

「気を付けて行ってきてください。紫水からあなたが抜けるのは大変な痛手になります。くれぐれも、道中、無茶なことはしないように」

「はい、気を付けます！」

そうして、わたしは久しぶりに子爵領へ帰ることとなった。

……それはいいのだけれど。

「叔父様も帰り支度をしなくていいんですか？」

昨日、リュディガー公爵家にご挨拶へ行ったはずの叔父様は、今日はまた子爵家に来ていた。旅行の準備のために一日早めに休みをもらったわたしは、タウンハウスへ戻ってきた。旅の間で使う着替えや日用品などを鞄へ詰め込むわたしの様子を、椅子に座って叔父様が眺めている。

「もう準備は出来てる。と言うか、必要以上に荷は解かなかったからな。今すぐでも行けるぞ」

「叔父様、昔からそういうところありますよね」

フットワークが軽くて、思い立ったが吉日を地で行く人だ。

だからこそ、わたしもイシルディンも救われたのだけれど……。

借金を抱え、お父様とお母様が流行病にかかった時、他の親族達は病がうつったら困るからと誰も来てくれなかった。でも叔父様だけは駆けつけて、二人が亡くなった後も、幼いわたしとイシルディンに代わり色々とやってくれた。

もしわたし達だけだったなら、どうすれば良いのか分からず途方に暮れていただろう。

両親の葬儀も、子爵家の領地経営も、叔父様が行ってくれたからこそ問題なく出来たのだ。

「……叔父様、ありがとうございます」

あの頃は自分とイシルディンのことで精一杯で、叔父様に感謝を伝えられていなかった。

もちろん手紙では伝え続けてきたけれど、やっぱり、こうして面と向かって伝えるほうがいい。

叔父様は目を瞬かせて首を傾げた。

「何がだ？」

「色々、です。お父様とお母様のお葬式のこととか、領地のこととか、お世話になりっぱなしだなって思って……」

元々、叔父様は自由気ままな人だった。

お父様が子爵家を継いで、次男の叔父様は王国内外を自由に旅して、たまにひょっこり帰ってきては旅の話を聞かせてくれる。そんな人だったのだ。

お父様もお母様も、わたし達も、叔父様の旅の話を聞くのが好きで、旅について語る叔父様の表情はいつだって輝いていた。子供心にも旅が好きなのだろうと感じられた。

だけど、お父様とお母様が亡くなり、借金と幼い姉弟だけが残された子爵家に手を差し伸べてくれる親族はいなかった。借金の問題もそうだが、イシルディンという跡取りがいる以上、貧乏な子爵代理になってもうまみがないからだ。

両親の葬式に来た親族達はどこか他人行儀で冷たく、葬儀が終わるとそそくさと帰って行き、それに対して叔父様が酷く憤慨していたのを覚えている。

「いいんだよ。兄さん達の大事な子供であるお前達や子爵領を、他の奴らに任せるつもりは元々なかったしな。それに、二人からも頼まれていたし」

「お父様とお母様から？」

「ああ。お前が薬草探しに飛び出して行った時にな。……多分、あの時には二人とも自分がどうなるか分かっていたんだろう。お前達と領地を頼むって言われたんだ」

伸ばされた叔父様の手がわたしの頭に触れる。豪快な人だけど、昔から頭を撫でてくれる手つきは優しくて、わたしは叔父様に頭を撫でてもらえるのが好きだった。

「何より、大切な家族を置いて旅なんてしてられん」

お父様とよく似た水色の瞳が優しく細められる。

「でも、叔父様は旅が好きだったでしょ？　旅が出来なくなってつらくありませんでした？　領地のことも任せきりだったし……」

「旅なんていつでも出来る。それよりも、お前達のそばにいて、俺に出来ることをしてやりたかったんだ。お前達が気にするようなことなんて何もないさ」

ニッと口角を引き上げた叔父様の笑顔は明るかった。その笑顔は、昔、旅の話をしてくれていた時によく浮かべていたものとそっくりで、言葉に出来ない気持ちがあふれてくる。

立ち上がり、叔父様にギュッと抱き着いた。

「わたし、叔父様が大好き！」

「おっと」

勢いがつきすぎたのか抱き着くと叔父様が若干仰け反ったものの、がっしりとした腕がしっかりわたしを抱き締め返してくれた。

「ありがとうな、ミスリル。俺もお前達が大好きだ。俺はお前達の叔父で、お前達は俺の可愛い姪っ子と甥っ子だ。たとえ結婚してもな」

体を離すと叔父様が意外にも真面目な顔をした。

「ミスリル、お前は本当にあの公爵令息と結婚したいと思ってるか？　結婚して、後悔しないか？」

　それは疑っているというより、心配した声音だった。

　わたしは大きく頷いた。

「わたし、アルフリード様を愛しています！　公爵家と子爵家で、身分差があると言えばそうですけど、でもアルフリード様は『大切なのはお互いの気持ち』だと言ってくれました。わたしがアルフリード様を好きで、アルフリード様がわたしを好きでいてくれる。それだけで十分なんです！」

　元より、違う家で生まれた他人同士なのだ。

　結婚して一緒に暮らす上で色々と問題も出てくるかもしれないが、それは話し合って解決するべきだし、好きだという気持ちが変わらなければ大抵は何とかなる。多分。

「そうか」

　叔父様が少しだけ眉を下げて笑った。

「ミスリルもイシルも義姉さんに顔立ちが似ていると思っていたが、ミスリルは性格も義姉さんに似たんだな」

　そう言われて首を傾げてしまう。

「お母様に？　でも、お母様はわたしと違ってもっとお淑やかでしたよね？」

「それはお前達が生まれてからの話だ。義姉さんも昔は凄く活発で、やんちゃだったぞ。兄さんなんて小さな頃は泣かされてたしな」

「え、そうなんですか⁉」

わたしの記憶の中のお母様は優しく、たおやかで、いつも柔らかく微笑んで、わたしを抱き締めてくれた。やんちゃ、なんて言葉とは無縁の人だと思っていた。

しかし、叔父様がわははと笑う。

「兄さんも義姉さんもお互いのことが好きで、俺達三人は幼馴染でな。お互いの家に遊びに行き来する度に、三人で領内を駆け回ってたよ。日が暮れるまで帰ってこないせいでよく叱られたっけなあ」

どこか懐かしそうな顔で叔父様がわたしを見る。

きっと、今、叔父様はわたしにお母様を重ね、懐かしかった幼少期を思い出しているのだろう。

「でもな、ミスリルを妊娠してから義姉さんは変わったんだ。お腹の中に子が宿って、色々、考えたのかもしれない」

わたしを妊娠してからのお母様は活発に動くのをやめ、その後は貴族の夫人らしい淑やかな女性になった。

……子供が出来たら、わたしもそうなるのかな。

でも、お母様の気持ちも何となく分かる。

妊娠したのが分かってからは、きっと、子供が流れないように心配して気を遣ったのだ。

生まれてくる子が女の子だとしても、男の子だとしても、いつまでも子供のように振る舞うわけにはいかないし、淑やかになるというのは母親になる覚悟だったのかもしれない。

「だから、ミスリルが活発に育った時は三人で顔を見合わせて笑ったもんだ。さすが義姉さんの子だ、ってな。そういう意味では、イシルは兄さん似だ」

「確かに、イシルはお父様に似てますね」

「ちょっと苦労性なところもそっくりだ」

おかしそうに叔父様が大きく笑う。

トントン、と部屋の扉が叩かれた。

「どうぞ」

声をかければ、開けた扉からイシルディンが顔を覗かせる。

「やっぱり叔父さんもここにいたのですね。廊下まで笑い声が響いていましたよ」

ちょっと呆れた顔のイシルディンだったけれど、すぐに表情を柔らかなものへと変えた。

「姉上、支度は終わった？」

「うん、大体終わったよ。どうかした？」

「ちょっと早いけど夕食にしない？　今日は姉上も叔父さんも食べるからってアニーが朝から張り切って作ってるから、食べきれないかもしれないけど」

それに叔父様と顔を見合わせ、笑みが漏れた。

「アニーはミートパイ、作ってたか？」

叔父様の問いにイシルディンも笑って頷く。

「ええ、作っていましたよ」

「じゃあ、あったかいうちに食べないとな！」

立ち上がった叔父様がわたしの頭を撫で、イシルディンの頭も撫でつつ、部屋を出た。

イシルディンが不思議そうに叔父様の背を見て、それから、わたしへ顔を向ける。

「姉上も行こう」

促されて、わたしも部屋を出る。

「久しぶりのアニーの食事、楽しみだなあ」

前を歩き出したイシルディンが「あ」と立ち止まる。

「この前の、姉上とアルフリード義兄上が結婚した後の話だけど、ヴァンスもアニーもここに残るって。二人とも領地に戻る必要もないみたいだし、公爵家から使用人が来るにしても仕事を引き継ぐことになるから」

「そっか。二人がいてくれると嬉しいし、ありがたいけど、イシルは寂しくない？」

領地にいた頃も、タウンハウスに移ってからも、ずっと一緒に過ごしてきた二人はわたし達にとっては家族である。

二人がそばにいてくれると嬉しいし、家のことを任せられるので助かるものの、そうなると領地へ戻ったイシルディンが寂しくなるだろう。

だが、予想に反してイシルディンは苦笑するだけだった。

「うーん、まあ、寂しいと言えば寂しいけど、社交シーズンにはこっちへ来るから、二度と会えなくなるわけでもないよ。僕がいなくなっても、二人が姉上のそばにいてくれたほうが安心出来るし」

「そっか、イシルは領地へ帰っちゃうんだよね」

分かっていたことだけど、こうしていなくなった後の話をされると急に心細いような気持ちになってくる。まだしばらくはイシルディンもここにいるが、ずっと一緒に暮らしてきた弟と遠く離れてしまうのだと思うと寂しい。

アルフリード様と一緒に暮らせるのは嬉しいけれど、みんなで暮らせるのは二、三ヶ月ほど。弟と離れるのが寂しいと思うのは我が儘だろう。

「……イシルも大人になったんだね」

お父様とお母様が亡くなった時は大泣きして、その後、塞ぎ込んで、立ち直るまで時間がかかったけれど、今は立派に子爵家を継ぐために学んでいる。

わたしより背の高いイシルディンが、わたしとよく似た紫の瞳で見下ろしてくる。

「大丈夫だよ、姉上。僕はもう、毛布に包まって泣いてるだけの弱い子供じゃない。姉上のことはアルフリード義兄上が守ってくれるだろうけど、姉上や子爵領のみんなを守れるくらい、もっともっと強くなるし、勉強も頑張るから心配しないで」

イシルディンはやがて子爵となってリルファーデ家や領地を受け継ぎ、わたしがアルフリード様と結婚するように、いつかは良き相手を見つけて結婚して新たな家庭を持つ。

「……そうだね。ありがとう、イシル」

「ううん、僕のほうこそありがとう、姉上」

どちらからともなく笑みが浮かぶ。

階下から、叔父様の声がした。

「おーい、早く来ないとミートパイ食っちまうぞ‼」

それに笑いながら、わたし達は階段を下りていった。

「今行きます！」

「叔父さん、僕達の分まで食べないでくださいよ！」

◇◇◇

そして翌朝、タウンハウスのベルが鳴った。

「おはようございます」

約束の時間より少し早く、アルフリード様が到着した。

叔父様は恐らくもう少し後に来るだろう。

「おはようございます、アルフリード様」

「おはようございます、アルフリード義兄上」

わたしも既に旅支度は万全だ。

領地まで三、四日の旅な上に宿に泊まっていく予定なので、それほど荷物も多くない。

アルフリード様も似たような感じらしく、御者が公爵家の馬車からいくつか鞄を下ろし、アルフリード様も「ああ、ありがとう」とあっさりした様子で馬車を帰していた。

「すみません、ミスティとの旅行が楽しみすぎて、つい約束の時間より早く来てしまいました」

申し訳なさそうに眉を下げるアルフリード様が可愛い。

「わたしもアルフリード様との旅行が楽しみで早く起きてしまいました！　道中食べようと思って昨日のうちにクッキーも焼いたんです！」

「それは楽しみですね」

こそ、とイシルディンがアルフリード様に囁く。

「アニーと一緒に作っていたので、ご安心ください」

それにアルフリード様が小首を傾げる。

「姉上はあまり料理が得意ではありません。一人で作ると大体焦がします。クッキーはアニーが監督していましたし、僕も味見をしたので大丈夫です」

そう、わたしは料理が苦手なのである。正確に言えば火加減が上手く出来ない。

……だって、どれくらい火が通ったか分からないし……。

前世の世界だったなら、火加減なんて簡単に調節出来たし、オーブンなども温度を設定すれば焼き時間を守れば良かった。

でもこの世界の火加減はまさしく、火を自分で調整しなければいけないし、火がきちんと通りきっていると思ったら生焼けだったことがあったため、どうしても焼きすぎてしまう。

アルフリード様がふっと微笑を浮かべた。

「ミスティが私のために作ってくれたものなら、たとえ毒が入っていたとしても喜んで食べます」

イシルディンが「そうですか……」と苦笑する。

「アルフリード様、嬉しいです！」

ギュッと抱き着けば、アルフリード様が優しく抱き返してくれる。

「でも、わたしはアルフリード様に毒を食べさせるなんてことありませんからね！　絶対に！」

「そうですね。ミスティはそんなことはしないでしょう」

笑い合っていると家の前に馬車が三台ほど停まった。

一台は普通の馬車で、残り二台は荷馬車である。

先頭の馬車から叔父様が降りてきた。

「おう、おはよう！　って、朝からべったりだな」

抱き合うわたしとアルフリード様を見て、叔父様がちょっと呆れたような顔をする。

「おはようございます、叔父さん」

「おはようございます、叔父様」

近付いてきた叔父様にアルフリード様が会釈をした。

「おはようございます、リルファーデ子爵。改めて、道中よろしくお願いいたします」

「ああ、こちらこそ。それとシルヴィオでいい。俺はあくまで『代理』だ。子爵って呼ばれるのは落ち着かないしな」

「では、私のこともアルフリードとお呼びください」

「分かった、そうさせてもらおう」

アルフリード様と叔父様が握手を交わす。

それから叔父様について来ていた子爵家の使用人達が、わたしとアルフリード様の荷物を荷馬車に積み込んでくれた。使用人と護衛の中には見覚えのある顔が何人かいた。

「おお、お嬢様、相変わらずお小さいですね！」

明るい笑顔でそう言ったのは、父の代から子爵家に仕えてくれている騎士・エバンだった。

「確かに背は伸びていないけど、わたしももう大人だよ？」

「そうですね。領地を出てからお元気に過ごされていると分かってはいましたが、あの頃よりもご立派になられました」

ふっと目を細めてエバンが微笑む。

それから、その視線がアルフリード様へ向く。

「あ、それで、こちらがわたしの婚約者でアルフリード＝リュディガー様です。今回はわたしとアルフリード様もついて行きます。アルフリード様、こっちはうちの騎士のエバンです」

エバンが胸に拳を当てて頭を浅く下げる。

「初めまして、エバン＝ルードと申します。リルファーデ子爵家で騎士団長を務めております。本日より、よろしくお願いいたします」

「リュディガー公爵家のアルフリード＝リュディガーと申します。こちらこそ、よろしくお願いいたします」

　アルフリード様も胸に手を当てて会釈を返す。

「エバンは強いんですよ。わたしに剣を教えて色々と鍛えてくれたのもエバンなんです」

「今はお嬢様のほうがお強いですがね」

　それにアルフリード様が納得したふうに頷いた。

「なるほど、現役の騎士から習っていたのですね。剣だけでなく、殴ったり蹴ったり、実践向きの荒っぽい技が入っているなとは感じていましたが」

「え？　お嬢様と手合わせをされたことがあるのですか？」

「いえ、ミスティと手合わせはしていませんが、騎士達の訓練に時折、二人で参加しているので、その時に見る機会がありました」

　驚くエバンにアルフリード様が説明してくれる。

　イシルディンには説明してあったが、叔父様とエバンは呆れた顔で小さく溜め息を吐いた。

「王都に行って少しはお淑やかになるかと思ったんだが」

「まさか王城で騎士達の訓練に混ざるとは……」

　返す言葉がなくて、えへへ、と笑って誤魔化しているとアルフリード様に肩を引き寄せられた。

「明るくて元気なのはミスティの良いところだと思います。そばにいると私も元気をもらえるので、無理に淑やかになる必要はないでしょう」

　それに叔父様が笑う。

「アルフリード殿はミスリルに甘いなあ」

「彼女を甘やかすことが出来るのは、婚約者の特権ですから」

「ははは、違いない！」

叔父様の笑い声に釣られるようにみんなに笑いが広がる。

そんなふうに話をしているうちに出立の時間になり、わたし達も馬車へと乗り込んだ。

イシルディンとヴァンス、アニーが見送りに立つ。

「行ってらっしゃい、姉上。アルフリード義兄上と叔父さんも、道中お気を付けて」

ヴァンスとアニーも笑顔で「行ってらっしゃいませ」と見送ってくれて、わたしも笑顔で返す。

「行ってきます！　お土産買ってくるからね！」

イシルディンがサッと手を上げた。

「あ、お土産はいいよ。叔父さんが沢山持ってきたから」

「え」

……旅行の楽しみと言えばお土産選びなのに⁉

馬車の向かいの席に座っていた叔父様が「おお、すまん」と笑っていたが、全く悪いとは思っていなさそうな顔だった。

「その代わり、みんなによろしく伝えておいて。しばらくしたら戻るってことも」

「うん、分かった……」

肩を落としたわたしにイシルディンも笑った。

「帰ってきたらお土産話を聞かせてよ」

と、言ってくれたので、わたしは頷いた。

「沢山、みんなと話してくるね」

このままだといつまでも出立出来そうにない。

叔父様が苦笑し、馬車の壁を軽く叩く。

「それじゃあ、イシル、またな」

「はい、叔父さんも次に会う時までお元気で」

馬車がゆっくりと動き出す。手を振ったが、すぐに車窓が流れてタウンハウスもイシルディン達も見えなくなり、少し寂しくなる。旅行の期間はたった二週間ほどなのに。

……ダメダメ、気持ちを切り替えなきゃ！

ピシャリと両手で頬を叩く。

「旅行、めいっぱい楽しみましょうね、アルフリード様！」

横に座るアルフリード様の手を握れば、しっかりとアルフリード様が握り返してくれた。

「はい、沢山楽しみましょう」

目を細めたアルフリード様も嬉しそうだった。

第二章　リルファーデ子爵領

王都を出て、数時間。太陽が天上に昇っている。

そろそろ昼食の頃合いだということで、森の一角、街道沿いのやや開けた場所に馬車を停めた。

わたしも馬車から降りて、両手を上げげつつ背筋を伸ばす。

「ん～……」

同じく馬車から降りてきたアルフリード様が、そんなわたしを見て少し目元を和ませた。

「大丈夫ですか？」

「はい、身体強化をかけていたので大丈夫です！　結構揺れてましたけど、アルフリード様も馬車酔いとか腰が痛くなるとかしてませんか？」

アルフリード様と婚約して以降、ずっと公爵家の馬車を使っていたので柔らかな座席とあの揺れの少なさに慣れていたので、久しぶりの普通の馬車に乗り、その揺れの大きさに、公爵家の馬車のありがたみを感じる。

わたしの問いかけにアルフリード様が頷いた。

「ええ、何ともありません。こう見えて体は頑丈ですから」

それはドラゴンの呪いも関係しているのだろうか。

……その可能性が高そうだなあ。

「お二人さん、のんびりしてると昼食の時間がなくなるぞ」

馬車を降りた叔父様に声をかけられ、二人で「はーい」「はい」と返事をして、昼食の用意をする。ちなみに今日の昼食はアルフリード様と相談して、それぞれ持ってきて、二人で分けようということにしていた。二人だけで食べるのも微妙なので叔父様も引き込む。

持ってきた布を木陰に敷き、バスケットを荷馬車から持って来る。アルフリード様もバスケットを取り出したため、二人で顔を見合わせた。二人分にしてはどちらも大きかった。

「もしかしてアルフリード様、叔父様の分も？」

「はい、持ってきました」

「わたしもです」

……今日の昼食はお腹いっぱいになりそう。

二人でバスケットを持って戻ると叔父様が目を瞬かせた。

「何人分持ってきたんだ？」

バスケットを置きながら説明する。

「アルフリード様も叔父様の分を用意してくださったみたいです」

「なるほど」

叔父様が笑った。

とりあえず、バスケットを開けて中身を見た。

わたしが持ってきたほうには沢山のサンドイッチとオレンジ、リンゴ、水筒、木製のカップが三つ。水筒の中身は多分、昨日アニーが鍋いっぱいに作ったチキントマト鍋だろう。

アルフリード様のほうはスコーンの小山とジャム、果物を使ったタルト、フィナンシェ、あと大きめな瓶が二本。わたしが食事系を持って行くと言った時、アルフリード様が甘いものを担当すると言ってくれたため、こうなった。

「あ、この果物のタルトって……」

「以前、ミスティが美味しいと喜んでいたものです」

「やっぱり！　これ大好きです！」

色々な果物が宝石みたいに輝くタルトは見た目も可愛い。それに、スコーンもフィナンシェも、前に公爵家で食べた時にわたしが好きだと言ったものだった。

……と、いうことは、そこの瓶の中身も……？

わたしの心を読んだようにアルフリード様が言った。

「ミスティお気に入りのシードルですよ」

「アルフリード様、大好きです‼」

横にいるアルフリード様に抱き着く。

公爵家の夜会で出されるシードルはわたしの大好物だ。まるでリンゴそのものを齧っているみたいな甘さと香りがして、ほど良い炭酸があり、アルコールもあまりない。

この世界では十六歳で社交界デビューし、その時からお酒が飲める。わたしはほぼ飲むことはなかったけれど、アルフリード様の婚約者となって夜会にたまに出るようになり、少しずつお酒を飲み始めた。

もちろん、基本的には度数の低いものだが。その中でも、このシードルが一番好きだった。

アルフリード様がギュッと軽くわたしを抱き締め、それからそっと体を離した。

「そちらの水筒の中身は何ですか？」

「アニーお手製のチキンとトマトの煮込みスープです。野菜が沢山入っていて、とっても美味しいんですよ」

カップを用意して、水筒の中身をそれぞれに出す。

そのカップの一つをアルフリード様へ渡せば、アルフリード様がカップに口をつけた。

「……もしかして、セロリが入ってますか？」

ジッとアルフリード様が手元のカップを見る。

「え？　多分、入ってると思いますけど……？」

そこまで言って、ふと思い出した。

アルフリード様はドラゴンの呪いもあって、好みもわりとドラゴンに近い。たとえば肉や甘いもの、お酒が好きで、逆に野菜はあまり好きではなくて、特に青みの強いものはちょっと苦手。

「あ、もしかしてセロリはダメでした？」

独特な香りがするから、普通に好き嫌いの出やすい野菜でもある。

「苦手なはずなのですが。不思議ですね。セロリの匂いがするのに、美味しく食べられます」

言って、アルフリード様がまたスープを飲む。

まじまじとスープを覗き込む仕草が幼く見えて、不覚にもときめいてしまった。

……アルフリード様、可愛い～！

「じゃあ、苦手を一つ克服出来ましたね！」

アルフリード様が頷く。

「アニーは昔っから料理上手だよなあ」

叔父様もスープを美味しそうに飲んでいる。

それから、今度はサンドイッチを食べる。シャキシャキしたレタスにチーズ、トマト、塩気のあるベーコン。チーズとペッパーを使ったソースと具材がよく合う。

アルフリード様もわたしも美味しさのあまり、無言で食べ進めた。

二つ目は塩気のあるベーコンと卵、焼き肉のたれみたいな味のソースがガツンとくる。味が濃いから少し食べただけでも、かなり満足感があるのだ。

三つ目に手を伸ばし、アルフリード様の手と指が当たる。

そこで、二人揃ってハッと我へ返った。

「俺の分も残しておいてくれよ」

叔父様が茶化すように言い、顔が熱くなる。アニーの作ってくれる食事はどれも美味しくて、いつも食べすぎてしまうのだが、今回はアルフリード様もそうらしい。

「……スコーンもいかがですか？」

アルフリード様が困ったように眉を少し下げた。

それは時々見る、アルフリード様なりの苦笑だった。

「いただきます！」

「ベリージャムもどうぞ」

差し出された容器から、スプーンを使ってジャムを掬う。

濃い赤色のジャムはワインみたいな色をしていて、スコーンに塗り、一口食べると、甘酸っぱいベリーの味とバターたっぷりの甘いスコーンの味が口いっぱいに広がる。

表面はカリッと、中はしっとりふんわりなスコーンは冷めてもおいしくて、あっという間に食べ終えてしまう。

「スコーンも美味しい〜！」

もう一つ食べようと手を伸ばせば、アルフリード様の手がわたしの頬に触れた。

「ミスティ、ジャムがついてますよ」

そっと唇の端を指で拭われる。その指には少しジャムがついていて、アルフリード様が何の躊躇いもなくそれを自身の口元へ持っていった。

……ちょ、そ、それ……‼

止める間もなくそれをアルフリード様が舐めた。

「頬張る姿も可愛らしいですが、服に落とすと色が移ってしまうので気を付けてください」

と、何事もなかった様子でアルフリード様もスコーンを食べ始めた。

顔が熱くなって、手で隠そうと思ったものの、ジャムで少しぺたぺたすることに気付いてしまい隠すことも出来ない。

アルフリード様がそんなわたしをキョトンとした様子で見て、けれども、すぐに理解したようだ。またアルフリード様の手が伸びてきて、顎に添えられる。

ふっと顔に影が出来て、唇に柔らかな感触が触れた。

「……甘いですね」

顔を離したアルフリード様が微笑を浮かべた。

「ア、アルフリード様……！」

思わず非難するように呼んでしまった。

「今のはミスティが悪いのです。あまり、男の前で可愛らしい反応をしてはいけませんよ」

「……アルフリード様以外の男性には、こんなにドキドキしません……」

「それは光栄です」

元の位置に戻ったアルフリード様がスコーンを食べる。

向かいにいた叔父様が胸元を押さえていた。

「胸焼けしそうだなあ……」

「え、叔父様、甘いもの苦手でしたっけ？」

「そういう意味じゃない」

溜め息交じりに言ってサンドイッチを食べる叔父様の向こうで、護衛のエバン達が小さく噴き出していた。

そんなこんなで昼食を終え、馬車に戻る。夕方までずっと街道を進む予定である。

揺れる馬車の中、叔父様がアルフリード様にリルファーデ子爵家について話していた。

「それで、曽祖父の代にうちの領地の鉱山からミスリルが発見されてな。調べてみたら他のいくつかの鉱山でも見つかって――……」

低く、穏やかで、どこか嬉しげな響きの叔父様の声を聞きながら、こっそり欠伸が漏れる。

……うーん、眠くなってきちゃったなあ。

いつもは昼食後も仕事で動き回っているから、あまり眠気を感じたことはなかったけれど、こうして馬車に揺られていると満腹感もあって眠気がやってくる。

にじんだ涙を指先で拭っているとアルフリード様と目が合った。

綺麗な青い瞳が、柔らかく細められる。

「ミスティ、眠ければ横になってもいいですよ」

ぽんぽんとアルフリード様が自身の膝を叩く。

……えっ、膝枕してくれるの⁉

思わずアルフリード様の顔を見れば、頷き返され、恐る恐る横になってアルフリード様の膝へ頭を乗せた。そっと頭にアルフリード様の手が触れて、撫でる。

向かいの叔父様がちょっと呆れた顔をしていた。

しかし、アルフリード様は叔父様へ顔を向けると話を再開し、叔父様も特に気にした様子もなく、二人はまた子爵家について話し始めた。

二人の声を聞きながら目を閉じる。

……ああ、幸せ……。

お腹もいっぱいで、膝枕をしてくれる優しい婚約者がいて、その婚約者はわたしの家族とも仲が良くて、これから両親に婚約と結婚の報告をする。

頭を撫でる大きな手の感触がとても心地好かった。

◇◇◇

膝の上の重みが増した。

視線を落とせば、細い肩が静かに上下している。

眠るミスティの横顔が穏やかで、口角は僅かに上がって、気持ち良さそうな寝顔だった。

「相変わらず、幸せそうな寝顔だなあ」

向かいに座っていたシルヴィオが小さく笑い、上着を脱ぐと眠っているミスティにそっとかける。その慣れた仕草と懐かしそうな表情に、恐らく、子供の頃のミスティにも同じように上着をかけたことがあるのだろう。

もし小さなミスティがいたら、自分もそうする。

「子供の頃のミスティもこうだったのですか？」

「ああ、いつも笑顔で、明るくて、元気だった。……その呼び方、ミスリルが許したんだな。その時に何か言っていたか？」

「はい、ご両親だけの特別な呼び名だったと聞いています」

シルヴィオがそれに大きく頷いた。

「そうだ。その呼び方を聞いて、すぐに分かったよ。ミスリルは本気だってな」

ふっと、少し寂しそうにシルヴィオが微笑む。

「もし兄さんと義姉さんが生きていたら、きっと、凄く喜んだだろうな……」

……ミスティのご両親……。

「ミスティとイシルディンのご両親についてお訊きしても？」

「そうだな、アルフリード殿には話しておいてもいいか」

それから、シルヴィオは二人の両親について教えてくれた。

前子爵・エリオット＝リルファーデと子爵夫人・ミレイア＝リルファーデ、この二人は四年ほど前に亡くなっている。

当時、この国は大規模な不作に陥り、その際にリルファーデ子爵家の領地に近隣の領地から流行病が持ち込まれてしまった。

前子爵エリオット＝リルファーデは領民を大事にする人だったのだろう。

食糧支援だけでなく、病にかかった者のために治療院を用意したり、薬の元となる薬草を手配したりと子爵夫妻は奔走した。

そのせいでリルファーデ子爵家は財政難となり、ミスティの元婚約者の家であったイルンストン伯爵家に多額の借金をしてしまう。

そして、子爵夫妻も流行病にかかった。

同じ時期にミスティの元婚約者も病にかかったそうだ。

しかし夫妻を治療するための薬は手元にない。領民へ全て与えてしまっていた。周辺の領地でも病は広がっており、元となる薬草すら、その時には手に入りにくい状況であった。

「兄さんも義姉さんも、人が好すぎた。せめて自分達がかかった時のために、薬をいくらか残しておけば良かったのに」

二人が病にかかったと聞いてシルヴィオは駆けつけた。

だが、薬も薬草もすぐには入手出来なかった。森に探しに行こうともしたが、凶暴な魔物の目撃情報もあり、シルヴィオ自身も夫妻の代わりに領地の仕事を回すことで精一杯だった。

何人かの騎士が森に立ち入ったが帰って来た者はいなかった。

もう、どうしようもないのだろうか。

誰もがそう思う中、ミスティだけは違った。

たった一人で、誰にも言わず、ミスティは森へ入った。

それに気付いたのはミスティがいなくなった日の夕方で、即座に捜索隊も編成されたが、ミスティは見つからなかったそうだ。

「俺は兄さんと義姉さんだけでなく、可愛い姪っ子まで失うのかと、あの時は本当に絶望したよ」

いくら身体強化魔法が強くても人間だ。それもまだ成人もしていない子供である。

ミスティは歳のわりに小柄なので、その当時はもっと小さく、細く、幼かったはずだ。

そんな子供が一人で凶暴な魔物のいる森へ行ったとなれば、無事に帰ってくる保証はない。

「だけど、この子は数日後に帰ってきた。持っていた袋いっぱいに薬草を詰め込んで。……傷だらけで、どろだらけで、いつもは笑顔のミスリルが唇を噛み締めて玄関ホールに立っていた」

その時、シルヴィオは初めてミスティに怒鳴ったという。

「すぐに抱き締めた。怒りよりも、生きて帰って来てくれたことにホッとした。それにこの子なりに、病で苦しむ両親を見て、自分の出来ることをしようとしたんだろう。薬草は急いで薬にして、兄さんと義姉さんの治療に使われたし、残った分はミスリルの元婚約者や領民に使われた」

シルヴィオが大きく、深く、息を吐いた。

その溜め息が少し震えていたのは気のせいではないだろう。

「それでも、兄さんと義姉さんは死んじまった」

ミスティが命懸けで採ってきた薬草は合っていた。薬も作れたし、夫妻に使われたが、もう既に手遅れだったのだ。夫妻は流行病によって亡くなってしまう。

「まだ十四歳のミスリルと十歳のイシルを放っておくなんて出来なかった。兄さんと義姉さんからも頼まれたし、借金があろうと、貧乏だろうと、家族を見捨てるなんて……」

リルファーデ子爵家の分家や家臣達は誰も子爵代理を引き受けようとせず、シルヴィオが弟として子爵代理となり、イシルディンが成人して問題なく家を継ぐまでの中継ぎとなった。

「ミスリルもイシルも見た目は義姉さんに似ているが、性格はそれぞれに似ている。ミスリルは外見も性格も義姉さんに、イシルも外見は義姉さんに、性格は兄さんに似てる」

それだけで何となく前子爵夫妻が想像出来た。

「きっと、とても優しい方々だったのですね」

「そのせいで早死にしちまったけどな」

シルヴィオが顔を上げる。

「なあ、アルフリード殿。お前さんは長生きしてやってくれ。どうしたって俺のほうがミスリルやイシルより先に死んじまう。この子達にずっと寄り添ってはいられない」

アルフリードは頷いた。

「寿命に関してはお約束出来ると思います。呪いによって私の体は普通の人間より頑丈で、健康で、寿命も長いでしょう。それについては今までの『呪い持ち』もそうでした」

ドラゴンの呪い故に苦しみ、それによって生かされる。以前はそのことがたまらなく嫌だった。ただでさえ呪いがあるのに人より長生きしなければいけないなど、ただの拷問でしかなく、大切な人々を看取らなくてはいけない。

しかし、今は少し考え方が変わった。ミスティと出会ってからは前向きに受け止められるようになった。大切な人を置いて逝くことで悲しませるくらいなら、自分が長生きをして、大切な人達を看取ったほうがいい。

「私も恐らく長生きするでしょう」

「それは朗報だな。……ミスリルとイシルを頼む」

頭を下げたシルヴィオの肩に触れる。

「こちらこそ、あなたの大切な家族である二人を任せてくださり、ありがとうございます」

そして、二人を支えてくれたことに心から感謝している。

シルヴィオがいなければ、ミスティもイシルディンもどうなっていたか分からない。

アルフリードは手を差し出した。

「改めて、今後ともよろしくお願いいたします」

その手をシルヴィオががしりと握る。

「ああ、こっちこそ、よろしくな」

◇◇◇

「――……ィ、ミスティ、起きられますか？」

優しく肩を叩かれて意識が浮上する。

目元をこすりながら首を動かせば、わたしの顔を上から覗き込むアルフリード様と目が合った。

……あれ……？

「おはようございます、ミスティ。もうすぐ宿ですよ」

「え⁉」

がばりと起き上がり、窓の外を見ると、どこかの街だろう景色が広がっていた。さほど大きい場所ではなさそうだが、恐らく本日宿泊予定の村だろう。

寝る前は天上より少し傾いていた太陽も、もうすぐ山向こうに沈んでしまいそうだった。

「すみません、寝すぎました……！」

慌ててアルフリード様に謝ったが、アルフリード様は気にした様子はなく、伸びてきた手がわたしの頭へ触れる。

「乱れてしまっていますよ」

髪を整えるように撫でられる。

「アルフリード様、足が痺れたり痛くなったりしていませんか？　適当な時間に起こしてくだされば良かったのに……」

むしろ休憩時間になったら叩き起こしてほしかった。

休憩時間に作ってきたクッキーを食べるつもりだったのに、機会を逃してしまった。

しかしアルフリード様が微笑む。

「ミスティの寝顔を眺めていたかったので。それに、これくらいで足が痛くなるほど柔《やわ》ではありませんよ」

「もしかして、ずっとわたしの寝顔を見ていたんですか⁉」

「はい。まるで日向で昼寝をしている子猫のようで、とても可愛らしかったです」

嬉しそうに細められる青い瞳に羞恥心が湧いてくる。

……寝顔見られた……!!

同じ馬車に乗っているのだから当たり前のことなのに、寝顔をじっくり見られていたと思うと恥ずかしさと色々な心配とで落ち着かない気持ちになった。

……あ、よだれ垂らしてなかったよね⁉

思わず袖で顔を拭う。よだれは垂れてなかった。

そのことに安堵していると向かいから笑い声がした。

「ははは、確かに幸せそうな寝顔だったよな」

そこでふと、体にかかった上着に気付く。

寝る前にはなかったそれが叔父様のものだとすぐに分かって、同時に懐かしさを感じた。

上着を畳んで叔父様へ返す。

「叔父様、ありがとうございます。……子供の頃も、叔父様はよくわたし達に上着を貸してくれましたよね」

庭で遊んで、疲れて眠ったわたしにかけてくれたり、ソファーで寝てしまったイシルディンにかけてくれたり、子供の頃は叔父様の上着が大きく感じられて、とても暖かかった。

「ミスリルもイシルもよく寝る子だったからなあ」

叔父様も懐かしそうに笑っている。

ずっと小さな頃はイシルディンと転寝《うたたね》して、叔父様の上着を二人で毛布代わりに使ったこともあった。叔父様が受け取った上着を着直す。

馬車の揺れが小さくなっていく。

「お、やっと宿に着くぞ」

その言葉通り、馬車が停まり、外から到着の声がかけられた。

馬車から降りると綺麗な宿の前だった。

今日はここに泊まるので必要最低限の荷物を荷馬車から出す。その間に使用人が宿泊手続きをしてくれたようだ。三人で宿の中へ入ると使用人から鍵を手渡される。

どうやらわたしは一人部屋らしい。

そして、叔父様の手にだけ別の部屋の鍵がある。

「アルフリードは俺と一緒の部屋でいいよな？」

「ええ、構いません」

いつの間にか叔父様とアルフリード様は仲良くなっていた。

嬉しいけれど、ちょっとだけモヤッとする。

……アルフリード様はわたしの婚約者なのに。

だが、さすがに婚姻前に同じ部屋に泊まるというのは大問題なので、わたしが一人部屋になるのは仕方がないことだ。そう分かっているけれど、叔父様が羨ましかった。

宿の部屋も小綺麗で、ベッドとワードローブとテーブル、椅子が二脚ある程度のシンプルなものだった。一泊だけなのでこれで十分だ。部屋の隅がタイル張りになっていて、そこに大きなたらいがあった。

……お湯が欲しい時は宿の人に言えばいいのかな？

わたしは魔力内向者で、体の外に魔力を出すことが出来ないため、魔力外向者と違って魔法を使うことがほぼ出来ない。

代わりに体内に魔力を巡らせる身体強化は得意である。

別に汚れてはいないけれど、気分的に汗は流したい。

どうしようか考えていると部屋の扉が叩かれた。

「はーい」

扉を開ければアルフリード様と叔父様が立っていた。

「先に夕食にしよう。下に食堂があるってよ」

そう誘われて、とりあえず荷物をワードローブに放り込み、部屋を出て、扉に鍵をかける。

叔父様もアルフリード様と共に一階へ下りる。

貴族用と言うには少し格が低く、平民が泊まるには少し高価な宿という雰囲気で、あまり宿泊客も多くないようだ。

まだ日が落ちるかどうかといった時間なので、一階の食堂は人気もなく、わたし達は空いているテーブルの一つに座った。

すぐに給仕が来て、メニュー表を見せてくれたけれど、今日狩ってきたばかりのホーンラビットのシチューが美味しいと教えてくれたので、三人でそれを頼んだ。

ホーンラビットは大きな一本角を持つウサギの魔物だ。大体は灰色の体毛に白い角で、小型犬ほどの大きさで、角と硬い歯を使って攻撃してくる。ホーンラビットの歯は鋭く、噛む力がかなり強いので、角にばかり注意していると噛みつかれて大怪我をすることもある。可愛い見た目に反して獰猛だ。

しかし、その肉は普通のウサギよりも美味しい。

ちなみにこの世界は普通の動物と同じように魔物も食べる。

え、と思うかもしれないが、不思議なことに魔物肉は普通の動物よりも美味しくて、どこにでもいるから手に入りやすい。しかも魔物の素材は大体どんなものでも売れる。

……無駄になるところが少ないのが魔物の良さかも？

少し待っていると食事が運ばれてきた。

漂う香りからして美味しそうだ。十字の切れ込みが入った丸パンとホーンラビットのシチュー、サラダ、お酒のつまみにチーズとドライフルーツと干し肉の盛り合わせ。

叔父様とアルフリード様が食事の注文時にワインとおつまみを頼んでいて、わたしはレモン水を頼んだ。食事の挨拶をして食べ始める。

「うん、美味いな」

一口目からホーンラビットのシチューを食べた叔父様が言う。

それに釣られるようにわたしとアルフリード様もシチューを食べ、そして、顔を見合わせて頷き合った。

……これ、すっごく美味しい！

普通の淡白なウサギ肉と違い、ホーンラビットの少し脂のある肉とミルク、そして煮込んだジャガイモやニンジン、タマネギなどに多分、少し香草が入っているかもしれない。味付けは塩だけ。でもとても美味しい。

口の中のものをよく噛んで呑み込んだ。

「このホーンラビットのお肉、柔らかいですね！」

きっと時間をかけてじっくり煮込んだのだろう。

「恐らくメスだと思いますよ。オスの肉は硬いので」

「そうなんですか？」

「以前、魔物討伐の際にオスのホーンラビットを狩って食べたことがあるのですが、その時はかなり固く、食べるのに苦労しました」

困ったように少し眉を下げて言うアルフリード様に、パンを食べていた叔父様が返す。

「あー、もしかして焼いて食べたのか？　ホーンラビットは焼くと肉が固くなるぞ。特にオスの肉は筋っぽいから、普通は鍋にするんだ」

なるほど、とアルフリード様が頷く。

わたしもへえ、そうなんだと思う。そういえば、確かに今まで食べたホーンラビットの肉はどれも鍋料理ばかりだったが、それにはきちんと理由があったのだ。

もう一口、シチューを食べる。

ウサギ独特の臭いと野生味を少し感じるが、そこがいい。

叔父様もアルフリード様もよく食べている。

「ここで一泊して、明日の朝出発して、早ければ夕方前くらいに次のリーシュ村に着く。そこでまた一泊して、同じく翌朝立つ。で、また次の村に行って、泊まって、何事もなければ、そのまま子爵家《うち》に到着だな」

領地までの道のりに宿があるのはありがたい。

……野宿の経験はあるけど、あんまり思い出したくないし。

「来る時にも少し魔物が出たから、また出るかもしれん」

幸い、来る時に出たのはブラックボアだった。

ブラックボアは名前の通り、全身が黒いため、そう呼ばれているイノシシの魔物だ。木や地面に体をこすりつけ、毛皮に樹液や泥がつくことで黒くなる。元の毛の色は実は赤色で、まだ黒くないものはレッドボアと呼ばれる。ブラックボアは毛並みが非常に硬く、個体によっては剣が通らないほど毛並みを固めるものもいて、少し厄介だ。

それでもエバン達護衛なら苦労はしなかっただろう。

「もし魔物が出たとしても、わたしとアルフリード様とでやっつけちゃいますよ」

騎士達の訓練に時々参加させてもらっているので、アルフリード様と戦うのも慣れている。連携も良いと思う。

拳を握って見せると叔父様が笑った。

「確かに、ミスリルとアルフリードなら大抵の魔物は倒せるだろうな」

「任せてください！　一撃で倒してみせます！」

人間相手と違って魔物は手加減の必要がない。

だから、思う存分、殴れる。

もしわたしが全力で人を殴れば、その人は死んでしまう。

いつもは出来るだけ気を付けているけれど、魔物相手ならばそういうことを心配する必要がないため、全力でやれる。

「それでしたら、私は支援に回りましょう」

わたしのやる気を感じ取ってくれたのか、アルフリード様がそう言った。

「じゃあまた飛ばしてくれますか？」

「ええ、いいですよ。ミスティはあれがお気に入りですね」

「だって空を飛んでるみたいで楽しいですから！」

何度でも飛ばしてもらって構わない。


そうして夕食後、宿の自室へ戻る。

でも何故かアルフリード様もついて来た。

「アルフリード様、どうかしました？」

首を傾げつつ見上げれば、アルフリード様に頭を撫でられる。

「湯の用意が必要でしょう？　あまり汗をかいていないとは言っても、身綺麗にしておきたいのではと思いまして」

「あ……」

アルフリード様は湯を用意してくれようとしているのだ。

「えっと、お願いしてもいいですか……？」

「ええ、もちろんです」

脇へ避ければ、アルフリード様が部屋に入ってくる。

アルフリード様は部屋の隅、タイル張りのそこにあるたらいを見て、近付いていく。

中を見て、一度魔法で水を出すと軽く洗って、それからまた魔法を使った。たらいの中から湯気が立つ。

ついアルフリード様の横に並んで屈む。

「うわあ、魔法で熱湯も出せるんですね！　前に他の人が魔法でお湯を沸かしていたのを見たことがありますけど、その時は水に火の玉を入れて沸騰させていたので、魔法は水しか出せないと思ってました！」

たらいの中のお湯は湯気が立っているものの、沸騰するほどの熱さではないらしい。

「ただ熱湯を出すならそちらのほうが簡単ですよ。ただ、入浴に使うにはそれだと熱すぎるので、温度を調整したものを今回は出しています」

「触ってみてもいいですか？」

「ええ、どうぞ」

頷き返されたので、試しに指先を湯に入れてみる。気持ち熱いような気がするけれど、使っているうちに冷めてしまうことを考えれば、これくらいでないといけないのかもしれない。

たらいに半分ほどお湯が溜められる。

「それでは、冷めてしまう前に使ってくださいね」

アルフリード様が立ち上がったのでわたしも立つ。

「ありがとうございます。宿の人に声をかけないといけないのかなと思っていたので、助かりました！」

ふ、とアルフリード様が微笑んだ。

「お役に立てて何よりです。おやすみなさい、ミスティ」

アルフリード様の手がわたしの前髪を退かし、額にキスされる。

見上げれば、期待に満ちた青い瞳で見つめ返された。

アルフリード様が屈んでくれたので、その頬にわたしも触れるだけのキスを返した。

「……っ、おやすみなさい！」

アルフリード様の背を押して、部屋の外へ押し出す。

見なくても分かる。きっとわたしの顔は真っ赤だ。

……でも、嬉しかったかも。

ずっと小さな頃、寝る時にお母様がああやっておやすみの挨拶をしてくれていた時期があった。

懐かしさと照れくさささと、充足感に包まれる。

……もっとアルフリード様と一緒にいたかったなあ。

思わず額に触れ、慌てて首を左右へ振った。

「お湯が冷めちゃう前に入っちゃおう！」

たらいに張られたお湯は、丁度いい湯加減だった。

◇◇◇

翌朝、わたし達は村を出発して子爵家へ向かった。

何事もなく街道を進み、昼食休憩を取った後、午後も同様に馬車を走らせた。

昼食を摂ってから二時間ほど経った頃、馬車が停まった。

まだ休憩時間には少し早い。

すぐに御者用の小窓から声がした。

「魔獣が出ました。グレイウルフの群れのようです」

それにわたしは手を挙げた。

「わたしがやります！」

「私も出ましょう」

グレイウルフは名前の通り、濃い灰色の毛並みをした狼の魔獣である。鋭い牙と爪が危険だが、単体ではさほど強くはない。だからこそグレイウルフは常に群れで行動する。

護衛のエバン達だけで十分対処出来るだろう。

相手をしたいというのはわたしの我が儘だ。

志願したわたしとアルフリード様に、叔父様が笑う。

「好きにするといい」

叔父様が馬車の壁を叩き、小窓へ向かって声をかけた。

「ミスリルとアルフリードも出る。必要なら援護をしてやれ」

「かしこまりました」

小窓が静かに閉まる。

即座にわたしとアルフリード様は馬車を降りた。

……うん、そこそこ大きな群れみたい。

アルフリード様が小さく魔法の詠唱を行った。

「……前に十五、後ろに十五、森の左右にそれぞれ十ずついます。前のほうにやや大きな魔力気配があるので、恐らく、それが群れを率いている長でしょう」

「その長を倒せば群れは引きますかね？」

「これほどの数だと簡単には引かないかと」

エバン達護衛が、グレイウルフ達と睨み合っている。

アルフリード様がまた詠唱を行った。

「『障壁よ、壁となりて彼の者達を守りたまえ』」

ふわっと何かに包まれる感覚がして、グレイウルフ達との間にシャボン玉のような透明だけど、やや虹色に光る薄い膜が出来る。

「対魔獣用障壁を張りました！　この中にグレイウルフが入ってくることは出来ません！　非戦闘員はここから外に出ないでください！」

アルフリード様が声を張り上げ、全体へ伝える。

荷馬車の使用人達が身を縮こませて隠れている。

「助かります！」

エバンがグレイウルフを睨んだまま返事をした。

「群れの長はわたしとアルフリード様とで倒すから、エバン達は他をお願い！」

「分かりました！」

アルフリード様と共に馬車の横を抜け、列の先頭へ出る。

剣を構える護衛達の更にその向こうに数多くのグレイウルフ達がいて、その中に、一目でボスと分かるほど大きなものがいた。

わたし達が先頭に出ると護衛達が一歩下がる。

「アルフリード様、あれをお願いします！」

「ええ、喜んで」

駆け出したわたしの後ろでアルフリード様の声がする。

「『風よ、彼の者を舞い上がらせよ』」

地面を蹴るのと同時に足の下から、ぶわっと力強い風が吹き、わたしを空へ吹き飛ばす。

全員の、それこそグレイウルフの視線すらわたしを追いかける。

……こっちばっかり見てていいの？

アルフリード様がグレイウルフへ手を振った。

瞬間、その横なぎに振った手から風の刃がいくつも発生し、わたしを見上げていた数匹のグレイウルフを容赦なく切り裂いた。ギャンッとグレイウルフが悲鳴を上げる。

今度はそちらへ視線が集まった。

「私ばかり見ていて良いのですか？」

アルフリード様の声がする。

グレイウルフ達を飛び越えたわたしは、空中でくるりと一回転し、足に魔力を纏わせた。

「はぁあああっ‼」

真下にいる群れのボスへ向かって落下する。

危険を察知したのかボスが慌てて後ろへ跳ねた。

直後、わたしの蹴りが地面へめり込んだ。

「……さすがにこれは分かりやすかったよね」

地面に埋まりかけた足を引き上げ、拳を握り、ファイティングポーズを取る。身体強化に特化したわたしに武器は要らない。

グレイウルフは強い魔獣ではないが、俊敏だ。

全身に魔力を流して強化を高める。

グルル、とグレイウルフのボスが唸る。

しかしすぐに飛びかかってこない辺り、なかなかに警戒心が強いようだ。

他のグレイウルフが横からわたしに飛びかかってくる。

「邪魔！」

そのグレイウルフを強化した拳で殴りつける。わたしと同じくらいの体長のグレイウルフが吹き飛び、近くの木の幹に叩きつけられたことで、他のグレイウルフ達が僅かに後退る。

けれども、それを叱るようにボスがいっそう大きく唸った。

「行くよ！」

駆け出したわたしに、群れのボスも駆け出した。わたしが拳を振れば、ボスが身を捩りながらジャンプして避け、わたしを飛び越え、背後へ回る。

着地したボスがわたしへ吠えた。

風の刃が三つ、わたしへ向かって飛んでくる。

「うわ、もしかして上位種⁉」

拳に更に魔力を流し、強化して飛んできた刃を拳で打ち消す。刃が当たった拳の表面が僅かにジンと痺れる。

魔獣の中でも魔法を使えるのは、その種族の中でも成長した上位種が多い。元より魔法を使える種類もいるが、グレイウルフで魔法が使えるのは上位種だけである。

「絶対倒す！」

上位種の皮や牙は普通の個体よりも頑丈なので、売ると結構高く買い取ってもらえる。グレイウルフの素材はさほど高価ではないが、上位種は別だ。つまり、お金になる。

「アルフリード様、長に手を出さないでください！　毛皮に傷が付くと値が下がります！」

「分かりました！」

言いながら、アルフリード様が別のグレイウルフを土魔法で下から突き上げて打撃を加え、もう片手で風の刃を放つとまた別のグレイウルフの首と胴体とを真っ二つに切り裂いた。

アルフリード様ほど強ければ心配はない。

わたしと対峙していた群れのボスが地を蹴った。たった一蹴りでわたしの目の前まで跳躍してきたボスが、爪と牙とで攻撃しようとする。

……でも残念！

わたしに触れた爪がガキンッと甲高い音を立てる。

腰だめに構えた拳。脇を締め、肘を腹部に寄せるように力を溜めて、膝を曲げ、立ち上がる要領で拳を突き上げた。

「とりゃあぁあっ‼」

ごっ、と鈍い感触が拳に伝わり、音が響く。下からボスの顎にアッパーカットを放つ。

まさか人間に殴られるとは思っていなかったのか、ボスの大きな体がぐらりと後ろへ仰け反った。ひっくり返ることはなかったものの、着地したボスの足取りはふらふらと覚束ない。

「今度はわたしが攻める番だよ！」

ボスへ駆け出し、その横っ面に更に拳を叩き込む。キャオンッと甲高い悲鳴を上げてボスの体がビクリと震えたが、躊躇わずに、ふらつく頭に二撃三撃とくらわせる。

ボスがふらふらと逃げようとする。

「これで終わり‼」

全力の拳をボスの頭へ叩きつけた。拳から、グレイウルフの頭蓋骨が折れる感触がして、ボスがギャウと短く悲鳴を上げ、ばったりと地面へ倒れる。

そうしてボスはそれきり動かなくなった。

ボスがやられたことで他のグレイウルフ達が戸惑い、混乱し、群れの動きがバラバラになる。

「今だ、やれ！」

エバンの声に、護衛達が「おう！」とグレイウルフへ剣を片手に襲いかかる。

アルフリード様の魔法支援もあり、どんどんグレイウルフ達が狩られていき、わたしも近くのグレイウルフ達を倒す。

……あれ？

ふとグレイウルフ達の動きがおかしいことに気付く。

何だかアルフリード様を避けているような気がするのだ。

近くのグレイウルフを全て討伐し、アルフリード様のそばへ戻ると、治癒魔法をかけられた。

「『この者を癒したまえ』」

ふわ、と温かな感覚に包まれる。

「ありがとうございます。でも、怪我してませんよ？」

「グレイウルフの魔法を拳で受けたでしょう。見えない傷があるかもしれません。それに、疲れが溜まると次の戦闘に響きます」

「なるほど」

むしろ、座りっぱなしで疲れていた体が治癒魔法で良い感じに軽くなった。

その隙にこっそり訊いてみる。

「なんだかグレイウルフがアルフリード様を避けていたみたいなんですけど……」

「恐らくドラゴンの匂いを感じ取っているのだと思います。だからいつも、魔獣討伐へ参加しても私は狙われにくいのです」

「なるほど」

遠くでグレイウルフの悲鳴がして、戦闘の音がなくなった。

すぐにエバンが状況を確認し、報告してくれる。

「グレイウルフは全て討伐出来たようです」

「……近くに魔獣らしき魔力の気配はありません」

アルフリード様が魔法で周辺を調べ、それにエバンが羨ましそうな顔をした。

「いいですね、探知魔法」

それから周囲に危険がないかもう一度確認をしてから、エバンは叔父様に報告へ行った。

他の護衛達は周囲を警戒しつつ、倒したグレイウルフの解体作業を始める。グレイウルフの肉はあまり美味しくないけれど、毛皮や牙、爪などは魔物の素材として売れる。

馬車へ戻ると叔父様がひらりと手を上げた。

「相変わらずミスリルは強いな。アルフリードも、さすが宮廷魔法士団の一員だ。一歩も動かず、あの数のグレイウルフを倒すなんて凄いぞ！」

その手でアルフリード様の肩をバシバシと叩く叔父様に、アルフリード様が困ったように僅かに眉を下げて苦笑する。

「叔父様、叩きすぎですよ。あと、グレイウルフの群れの長が上位種のようだったので、毛皮を傷つけないように倒しておきました」

「おお、それは本当か？」

嬉しそうな叔父様の気持ちは分かる。

「わたしは要らないですが、アルフリード様は上位種のグレイウルフの素材は要りますか？」

「いえ、私も不要です」

「と、いうことなので、叔父様のお好きにどうぞ」

叔父様はすぐにグレイウルフの上位種を見に行った。

そうして上機嫌で戻ってきた。

「あのグレイウルフの上位種はいいやつだな。あれくらい大きくて毛並みが立派なものもそうはいない。爪も牙も、きっと良い値がつく」

後ろで護衛達がグレイウルフの毛皮を運んでいた。

確かに、こうして見るとかなり立派である。

「爪や牙は何に使われるのでしょうか？」

アルフリード様の質問に叔父様が答える。

「民芸品の御守りになる。大体はネックレスや耳飾りだが、民族衣装の飾りに使われることも多い。グレイウルフは群れで繁殖する。村の繁栄や家族の無事を願う御守りとして人気が高い。……あと、妊婦に雄のグレイウルフのタマを贈る風習がある村も少なくない」

後半にこっそり囁かれた言葉にアルフリード様が「え？」と驚いた顔をした。若干引いている。

それにわたしは苦笑しつつ説明をつけ加えた。

「滋養強壮の効果があると最近発見されたんです。その知識が、風習として今までずっと残っているんだと思います」

「もちろん、男にも効くぞ」

わはは、と笑う叔父様にちょっと恥ずかしくなる。

アルフリード様も意味を理解したのか目を伏せた。

「……えっと、わたし、先に馬車に戻ってますね！」

と、思わず先に逃げてしまった。

馬車に乗って外を見れば、叔父様がアルフリード様の肩に腕を回し、何やら絡んでいた。

やや遅れて馬車に戻ってきたアルフリード様は、少し目尻が赤くなっているように見えた。叔父様は何をしたのだろうか。

アルフリード様に訊いてみたが教えてはもらえなかった。

「さて、出発するか」

戻ってきた叔父様に訊こうかとも思ったけれど、アルフリード様が言いたくないことを無理に訊き出すのは良くないだろう。

その後は何事もなく次の村に到着したのだった。

◇◇◇

「もうすぐ、子爵家に到着いたします」

小窓の外からかけられた声に窓の外を見る。

グレイウルフに一度襲われたものの、それ以降は何もなく、翌日には無事リルファーデ子爵領に入った。御者の言葉通り、あと少しでカントリーハウスに到着するだろう。

車窓の村の風景は見覚えがあった。

ふと村の人がこちらに気付き、手を振ってくれる。

すぐに通り過ぎてしまったが身を乗り出して、手を振り返す。見たことのあるおばさんだった。

「ミスティ、危ないですよ」

と、アルフリード様によって馬車の中へ引き戻された。

「すみません、手を振られたので、つい」

そうして馬車はしばらく走った後、ゆっくりと速度を落とし、やがて停まった。

馬車から降りて目の前のカントリーハウスを見る。

「うわあ、懐かしい……！」

数年振りに帰ってきた我が家は少し補修した跡はあるが、記憶の中とほとんど変わっていない。

「リュディガー公爵家の支援のおかげで、ちょっと前に屋敷の修繕もした。ああ、改装とかはしてないから、部屋もミスリル達がいた時のままだぞ」

「え、まだ部屋を残しておいてくれてあるんですか？」

「お前達の家だから当たり前だろう」

ほれ、と背中を押されてカントリーハウスに近付く。

叔父様が玄関扉を開けてくれて、中に入れば、懐かしい顔があった。

「フィリップ、ユフィーナ、ただいま！」

長く子爵家に仕えてくれている家令のフィリップと、家政婦長のユフィーナが笑顔で出迎えてくれた。二人が浮かべた笑みは昔と変わらない優しいものだった。

「お帰りなさいませ、お嬢様」

「あらあら、素敵なレディになられましたね」

二人の手を取って、しっかり握る。

「二人とも元気そうで良かった」

どちらももう老齢で、そろそろ引退してもおかしくない。

引退してしまう前に一度帰ってきたのは正解だった。

後ろから叔父様とアルフリード様も入ってくる。

フィリップとユフィーナがサッと礼を執った。

「お帰りなさいませ、旦那様」

「お客様もようこそお越しくださいました」

それに叔父様が「おう」と返す。

「ただいま。で、こっちはミスリルの婚約者のアルフリードだ」

叔父様の紹介にアルフリード様が礼を執る。

「初めまして、リュディガー公爵家の次男、アルフリード＝リュディガーと申します。よろしくお願いいたします」

「連絡した通り、ミスリルとアルフリードは三日ほど滞在するからよろしくな」

二人が「かしこまりました」と返事をする。フィリップが手を叩くと使用人達が出てきて、わたしやアルフリード様の荷物を屋敷の中へと運び込む。

ユフィーナの言葉にアルフリード様が頷く。

「リュディガー様、お部屋にご案内いたします」

「アルフリード、ここでは気楽に、好きに過ごすといい。案内はミスリルがやると思うが、何かあれば使用人に声をかけてくれ」

そう言って、叔父様は溜まった仕事を片付けに戻っていった。

客室に案内されるアルフリード様の後を、何となくわたしも追って歩き出す。ユフィーナが小さく笑った。

「お嬢様はリュディガー様と仲良しなのですね」

それにわたしは頷いた。

「うん、婚約者だけど恋人でもあるから！」

「それは良うございました」

ユフィーナの嬉しそうな声にわたしも嬉しくなる。わたしにとって、ユフィーナもフィリップも家族の一人であり、感覚的には祖父母のようなものだった。

「リュディガー様、ご滞在中はこちらのお部屋をお使いください」

アルフリード様が案内されたのは一番良い客室だ。

ちなみに、わたしの部屋とは階が別である。

後ろからついて来た使用人達がアルフリード様の荷物を部屋に運び入れ、一礼して去っていく。

若くて見覚えのない顔も多かったので、わたし達が王都へ行った後に雇った人達なのだろう。

「長旅お疲れ様でした。すぐにティータイムのご用意も出来ますが、いかがいたしましょうか？」

アルフリード様がわたしを見る。

「ミスティはどうしますか？」

「うーん、ずっと馬車で座りっぱなしだったので、出来ればちょっと散歩して体を動かしたいです。アルフリード様が良ければ、ちょっと村を散策しませんか？」

「いいですね、そうしましょう」

それにユフィーナが心得た様子で微笑んだ。

「では、何か御用がありましたらお呼びくださいませ」

下がったユフィーナを見送る。

それから、アルフリード様の手を取った。

「行きましょう！　村のみんなにもアルフリード様を紹介したかったので、丁度良かったです」

「私もミスティの育った場所を見たいと思っていたので、案内をよろしくお願いします」

「はい、沢山回りますよ！」

そういうことで、わたし達は村に出ることにした。


屋敷の外へ出ればすぐに畑が広がり、少し先に村がある感じで、屋敷はちょっとだけ小高い場所にある。この村の住民は多くても百数十人程度だ。

子爵領には多くの村と鉱山があり、鉱山周辺にはより大きな街がある。ここは領地の真ん中で、いくつかある鉱山の丁度中間地点で、どこへ行くにもここが一番動きやすい。

アルフリード様と手を繋いだまま村へ行くと、村のみんながこちらに気付いて近付いてくる。

「あら～、やっぱりミスリルちゃんじゃない！」

「おお、見ないうちに大きくなったなあ」

「いやいや、身長は伸びてないだろ」

「違いない！」

あははは、と笑い声に包まれる。記憶の中よりもみんな、少し老けたり成長したりしているけれど、以前と変わらずに接してくれるのが嬉しかった。

「みんな、久しぶり！　元気だった？」

「おう、みんな元気さ！」

「シルヴィオ様が薬師を雇って、各村に派遣してくださってねえ。おかげで他の村もみんな助かってるって話さ。シルヴィオ様にお礼を伝えておいておくれよ」

「うん、分かった。伝えておくね」

それぞれが喋るものだから全部は聞き取れない。

しかし、楽しそうな笑顔からきっと良い話をしているのだろうと想像がつく。

「なあ、ミスリル、そっちのすっげーカッコイイ人って誰？」

その言葉にみんなの視線がパッとアルフリード様に向く。

けれどもアルフリード様は臆した様子もなく、胸に手を当てて礼を執る。

「皆様、初めまして、リュディガー公爵家の次男、アルフリード＝リュディガーと申します。この度、ミスタリア嬢と婚約を結ばせていただきましたので、そのご報告にまいりました」

おお〜、とみんなが声を上げる。

感嘆とも歓声ともつかないその反応の後、一気にアルフリード様へみんなが質問を投げかけた。

「公爵様ってすごーい！」

「ミスリルちゃんの新しい婚約者ってあんたか！」

「どうやって二人は出会ったんだい？」

「婚約者って羨ましい～」

怒涛の勢いにさすがのアルフリード様が若干身を引いた。

だが、すぐに持ち直すと質問に答え出す。

「はい、私がミスタリア嬢の新たな婚約者です。彼女が王城の、私が働いている宮廷魔法士団の使用人として仕事に就いたことでで会いました。婚約だけでなく、お付き合いもさせていただいております」

スラスラと答えつつわたしの手と繋がった自分の手を軽く上げて示すアルフリード様に、またみんなが、おお～と声を上げるのがちょっと面白い。

でも、このままだといつまでも終わらなさそうだ。

「みんな、アルフリード様のことが気になるのは分かるけど、村を案内したいからほどほどにしてね！　あとお仕事とかある人はそっちも忘れないでね！」

と、声をかければみんなが顔を見合わせる。

「おっと、俺達お邪魔だな」

「あ、仕事の途中だったんだっけ！」

「あたしも早く帰らないと」

「じゃあまた。ミスリルも婚約者さんもごゆっくり〜！」

なんて、集まった時と同じく一斉に散らばっていく。

アルフリード様が目を丸くして驚いていた。

「賑やかな方々でしたね……」

「そうですね、いつも、あんな感じです」

残ったのは数人の若い男女で、昔からの友達だった。

「それにしても、まさかあのミスリルが公爵家と婚約するなんてなあ」

「昔は私達と一緒にそこら辺を走り回っていたのにね」

友達の言葉にわたしは苦笑した。

「今はさすがに走り回ったりはしてないよ？」

それに一人が腰に手を当てて呆れた顔をする。

「当たり前じゃない。公爵家の方と結婚するなら、いつまでもヤンチャしてたらダメよ。お淑やかにしなくちゃ」

アルフリード様が「いえ」と声をかけた。

「むしろ、私はミスティのその明るく元気なところに惹かれたので、無理に貴族の令嬢らしく淑やかになる必要はないと思っています。……もちろん、令嬢らしく努力する姿も大変可愛らしいですが」

前半は友達に、後半はわたしに言う。

それにみんなが囃すように口笛を吹いた。

「なぁんだ、もう相思相愛じゃん」

「いいなあ、あたしも素敵な婚約者がほしい～」

「お前、隣村の奴と付き合ってるだろ？」

「ミスリル、いい人と付き合えて良かったな！」

みんなに揉みくちゃにされながら頷く。

「うん、アルフリード様はすっごく素敵でカッコイイ、わたしの大好きな婚約者だよ！」

友達の一人がアルフリード様に言った。

「でも、気を付けたほうがいいぜ。ミスリルを怒らせると、泥団子投げつけられるからな」

「ちょ、それは子供の頃の話でしょっ？」

「どうだか。王都に行く前まではそうだっただろ～？」

アルフリード様がふと、何かに気付いた様子で問う。

「もしかして、ミスティが泥団子を投げつけたいじめっ子というのは……？」

「あー、それ俺のことだな」

困ったように苦笑する友達に、アルフリード様が微笑んだ。

その微笑みを近くで見てしまった女の子達が少し頬を赤くして、きゃーっと声を上げる。

……分かる、分かるよ、その気持ち！

社交界で『氷の貴公子』と呼ばれているアルフリード様は少し前まで表情の変化が少なかったけれど、最近は雰囲気が柔らかくなった。

そして、ごくたまに見せる美形の微笑みは破壊力が凄い。

「いじめっ子とも仲良く出来るとは、さすがミスティですね」

「まあ、その、ちゃんと反省して謝ってくれましたし」

照れくさくて視線を逸らすと、友達が言う。

「俺が他の奴をいじめる度に泥団子投げつけてきたけどな」

その様子を想像したのかアルフリード様が顔を背け、肩を震わせる。

思い出したのかみんなも声を上げて笑った。

「その話はもういいでしょ！　ほら、アルフリード様を案内するし、みんなも仕事とかあるんだから、いつまでもこんなところで遊んでたら怒られるよ？」

わたしの言葉に友達は「そうだな」「またな～」と手を振りながら、それぞれ戻っていった。

「ここはとても良い村ですね」

アルフリード様が村を眺めながら言う。

褒めてもらえたことが嬉しくて、わたしはアルフリード様に抱き着いた。

「そうですね、わたしの大好きな、自慢の村です」

◇◇◇

リルファーデ子爵家のカントリーハウスの一角。

恐らく屋敷で最も華やかだろう客室で、アルフリードは夕焼けに染まる村の景色を眺めていた。

本当に、ここはいい村だ。誰もが穏やかで、人当たりが良く、余所者の自分に対してもまるで隣人に接するかのように親しげだった。誰もよそ者のアルフリードに冷たくしない。

場所によっては排他的な村もある。

だが、ある意味では予想通りでもあった。

「……さすが、ミスティの生まれ育った場所」

村人達があれなら、ミスティが他者への警戒心が薄いのも、おおらかな性格なのも頷ける。

あの後も村の中や周辺を案内してもらったけれど、村人達から感じる視線は温かく、かけられる声は明るく、村人全体が一つの家族のように暮らしているのが窺えた。

屋敷へ戻ってくると使用人達に出迎えられた。

ミスティは使用人達の名前を知っているようで、出迎えた使用人達にそれぞれ声をかけて話し、楽しそうだった。使用人との間に深い信頼関係があるのだろう。

明日は午前中にこのカントリーハウスの中の案内を、午後は彼女の両親のところへ挨拶に行く予定だ。

……今日のミスティはずっと可愛かったな。

子爵領に入り、村人や使用人達と話すミスティはいつもよりどこか表情というか、雰囲気が幼く、かなり気を抜いて過ごしていた。それが可愛らしいと思うのと同時に少し妬ましい。

自分と一緒にいて、気を許してくれていると感じていたけれど、こうして故郷で過ごすミスティを目の当たりにすると幼い頃から彼女を知っている村人や使用人達が羨ましいと思ってしまう。

普段よりも幼く感じる笑みを浮かべ、アルフリードの名前を呼び、手を引いて歩くミスティ。

あれが本来の彼女なのだろう。

公爵家で、母や義姉から礼儀作法を教わり、令嬢としての振る舞いを覚えようと努力するミスティも可愛いが、生来の彼女の明るさがそれで消えてしまうのは惜しい。

……全部、僕の我が儘だと分かっている。

公爵家と縁を持つ以上、自分と結婚するならミスティにはそれ相応の礼儀作法がなければ、貴族達の間で笑われてしまうのは彼女である。身を守るためにも学びは必要だ。

「僕に出来るのは、ミスティを守ることくらいだ」

だが、それすら本当は必要ないのだろう。

ミスティは自分で自分を守れるくらい強い女性だ。

誰かの後ろに守られているほどか弱くない。

でも、それでも守りたいと思う。

「ここに来られて良かった」

ミスティのことをもっと知ることが出来た。

ミスティの生まれ育った大切な場所を見ることが出来た。

そして、ミスティへの想いを再確認した。

あの明るい笑顔が好きだ。ハキハキとした話し方も、元気でよく通る声も好きだ。小柄なのにとても活動的で、彼女がいるだけで場の雰囲気を明るくしてくれるところも好きだ。

だからこそ、彼女の両親の話を聞いた時、苦しかった。

両親を亡くした彼女の悲しみはどれほどだっただろうか。

あれほど人々から愛されていたのだ。

両親からも沢山の愛情を受けて育ったに違いない。

……ご両親も無念だったと思う。

デビュタント前の娘と幼い息子を遺して逝く。

叔父であるシルヴィオに二人を託したのも分かる。

コンコン、と部屋の扉が叩かれた。

「どうぞ」

と声をかければ、開いた扉からミスティが顔を覗かせた。

「暗くなってきたので、明かりを持ってきました！」

火の灯ったランタンを持ち上げて見せるミスティ。

近付き、そっと彼女を抱き寄せた。

「アルフリード様？」

不思議そうな声にギュッと抱き締める。

「……ありがとうございます」

それは彼女に対してか、それとも彼女の両親へか。

生まれてきてくれて、王都に出てきてくれて、自分と出会って好きになってくれて。ドラゴンの呪いを受け入れてくれて。感謝したいことはいくらでも湧いてくる。

顔を上げた彼女に額へ口付ける。

ミスティは嫌がることなくそれを受け入れてくれた。

「よく分からないですけど、そろそろ夕食ですよ。食堂まで一緒に行きましょう、アルフリード様」

ニコニコと嬉しそうに笑うミスティに頷いた。

「はい、迎えに来てくださり、ありがとうございます」

……ミスティとなら、いつまでも一緒にいたい。

繋いだ手の温もりを離したくないと、そう思う。

「ミスティ、愛しています」

「わたしもアルフリード様を愛しています！」

躊躇いなく返される言葉が、笑顔が、ミスタリア＝リルファーデという彼女の存在そのものが愛おしくてたまらなかった。

◇◇◇

翌日、アルフリード様に屋敷の中を案内した。

そうは言っても公爵家のタウンハウスよりも小さいので、案内出来る場所も限られてくるし、使用人達の仕事の邪魔をするのも良くないので行ける場所は限られるが。

午後はお父様とお母様のお墓参りに行く予定だ。

……ってことは、二人の顔が分かったほうがいいよね？

代理とは言え、今は叔父様が子爵家当主なので、屋敷のホールには、叔父様とわたしとイシルディンとで描いてもらった絵が飾られている。

お父様とお母様の絵は、実は全てギャラリーに仕舞ってある。

あの頃、両親を喪ったことにイシルディンは耐えられず、お父様とお母様の絵を見る度に泣いて二人を呼び続けた。そんなことをしても二人が帰ってくるわけではないと、本当はイシルディンも分かっていたはずだ。

けれども、イシルディンは初めて近親者を、それも両親を同時に喪ったせいで受け止めきれなかった。だから、お父様とお母様が亡くなってから二人の絵はイシルディンの目の届かないギャラリーに集められた。イシルディンもそれを知っていて、二人の死後、あの子は一度もギャラリーに足を踏み入れなかったと思う。

「アルフリード様、今日はギャラリーと外の騎士達の訓練場を見て回りましょう。お父様とお母様の絵はギャラリーにあるので」

そのことを簡単に説明すると、アルフリード様が眉を下げた。

「ミスティは大丈夫ですか？　ご両親の絵を見るのはつらくありませんか？　もし、まだつらいようでしたら……」

心配そうにわたしの手に触れるアルフリード様に笑い、繋がった手をキュッと握り返す。

「大丈夫です。つらくても、悲しくても、寂しくても、お父様とお母様が亡くなったことは事実ですし、わたしはもう受け止めています」

お父様もお母様も亡くなったけれど、今はアルフリード様がそばにいてくれて、わたしを『ミスティ』と呼んでくれる。だから寂しくても悲しくても、耐えられる。

「アルフリード様の温もりがあれば、大丈夫です」

「では、手を繋いで行きましょう」

そっと、優しく大きな手がわたしの手を握り返す。

わたし達は手を繋いでギャラリーへ向かった。

二階の角部屋がギャラリーで、部屋二つ分が繋がって一つになっていて、入って左手側へ向かって横長に広い。絵が日焼けしないよう、レースの薄いカーテンが窓にかけられている。この部屋は火気の持ち込みは禁止だ。

昼間なら窓から差し込む光で十分明るい。

「こっちの壁は歴代の子爵夫妻の肖像画です。まあ、うちはそんなに歴史の長い家ではないですが。ミスリル鉱石が見つかる前は男爵家だったそうですし」

アルフリード様と手を繋いだまま、左手の壁にかけられた歴代の子爵夫妻の肖像画を眺める。

「銀髪に青系統の瞳が多いですね」

じっくりと肖像画を眺めながらアルフリード様が言う。

「そうですね、叔父様は綺麗な銀髪ですけど、お父様はちょっと暗い色合いの銀髪で、わたしやイシルの髪はお父様に色がそっくりです。ちなみに紫の目はお母様似です」

ちなみにお祖父様はわたしが生まれる数年前に、お祖母様はわたしが生まれて一年ほど後に亡くなっている。お祖父様は鉱山病で、お祖母様も持病があったそうだ。

お母様のほうの親戚とは疎遠である。

二人が亡くなった時、誰も助けてくれなかったため、叔父様が「孫を助けにも来ないような非情な奴と仲良くする気はない」と関係を絶った。以降、会っていない。

部屋の端まで行き、それから、真ん中の敷居を迂回するように窓側へ回る。敷居の壁も肖像画を飾るスペースだ。

そこには、わたし達家族の肖像画があった。

まだ生まれたばかりのわたしを抱いて座る母と、その母に寄り添うように立つ父。ちょっと成長したわたしを抱いて立つ父とそばで笑っている母。生まれたばかりのイシルディンを抱えた母と、そばに立つ父、その足元で父と手を繋いで立つ幼いわたし。時にはそこに叔父様も入り、年ごとの家族の絵が並んでいた。

それを眺めるだけで温かな気持ちになる。

……お父様もお母様もわたし達を愛してくれた。

絵を描いてもらうのだって安くはないのに、毎年きちんと家族の絵を残しておいてくれて、わたし達の成長を見守ってくれた。

アルフリード様がジッと絵を眺める。

「幼い頃のミスティも大変可愛らしいですね」

その横顔が少し微笑んでいるのでお世辞ではないのだろう。

視線の先には可愛らしいドレスに身を包んだ、七、八歳くらいのわたしがお父様とお母様の間で笑っている。座っているわたしの膝の上にはイシルディンがいた。

「こうして見るとわたしとイシルは顔立ちが似てますね」

「そうですね。きっと、イシルディンは社交界に出たら人気者になりますよ。線の細い、中性的な顔立ちの男性のほうが貴族の女性には好まれますから。結婚相手もすぐに見つかるでしょう」

それはそれで嬉しいような、寂しいような。

「早く相手を見つけて幸せになってほしいですけど、自分のそばから離れていってしまうのだと思うと、ちょっと寂しいです」

わたしの言葉にアルフリード様が目元を和ませた。

「私が紫水に入団して、初めて働き始めた時、兄も似たようなことを言っていました。『あんなに小さかったアルフリードがもう働ける年齢なのか』と」

「ふふ、想像出来ますね」

アルフリード様と繋いだ手に少し、力を込める。

「わたしもアルフリード様も、良い家族に恵まれましたね！」

「ええ、本当にそう思います」

二人でゆっくりと絵を眺める。

その絵の中のお父様とお母様はいつだって幸せそうに微笑んで、わたし達姉弟も笑顔で、幸せだったあの頃を簡単に思い出せる。

「優しそうなご両親ですね」

「はい、優しくて、穏やかで、いつもわたし達に愛情深く接してくれた素晴らしい両親でした」

もうお父様もお母様も亡くなってしまったけれど。

「公爵家のお義母様とお義父様も、優しくて、穏やかで、愛情深くて素敵ですよね。それに色々と助けてくださって、凄く頼りになります」

「ああ、父も母もミスティを気に入っていますから」

そう言ってもらえると嬉しい。

「わたしもお二人のこと、大好きです！　もちろん、お義兄様やお義姉様も、公爵家の使用人の皆さんも大好きです！」

公爵家の方々も、公爵家で働く人々も良い人ばかりだ。

アルフリード様の手がわたしの頭を撫でる。

「それはミスティが皆に好意を向けるからですよ。あなたのその気持ちが皆にも伝わって、だからこそ、皆もあなたが好きなのでしょう」

「そうだったら嬉しいです」

それから、時間をかけてアルフリード様と一緒にわたし達の絵を眺めていった。

ものによっては描いた時の記憶があって、あの時はこうだった、この時はああだったと話をするわたしに、アルフリード様は嫌な顔一つせずに付き合ってくれた。

そうしてギャラリーで二時間ほどお喋りしながら過ごした後、今度は騎士達の訓練場の見学のために屋敷の庭へ出る。

庭と言っても、公爵家の庭園のようなものではない。大体は手入れがしやすいように芝生と木があるくらいで、敷地の一角の訓練場は土が剥き出しになっているだけだ。

わたしとアルフリード様が行くと騎士達が手を止める。

「あ、みんなそのまま続けていいよ!」

そう声をかければ、年配の騎士達はすぐに訓練に戻る。若い騎士達は少し戸惑った様子を見せたものの、エバンが軽く手を振ると、それぞれの訓練に戻っていった。

エバンが剣を片手に近付いてくる。

「お嬢様、リュディガー様、見学ですか？」

「うん、この屋敷で案内出来るのってギャラリーとここくらいだしね。午後はお父様とお母様のところに挨拶に行くの」

「そうですか。きっとお二人とも、とても喜びますよ」

それからエバンがアルフリード様を見る。

「リュディガー様は剣を扱われますか？」

アルフリード様が頷いた。

「ええ、それなりには」

「では、よろしければ一つ手合わせをしていただけないでしょうか？　皆、お嬢様の婚約者殿がどのような方なのか気になっているのです。……私も含めて」

そう言っているエバンの後ろから、騎士達の視線を感じる。

貴族の男性の嗜みとして剣の扱いは慣れているかもしれないが、アルフリード様は魔法士で、今まで騎士達との訓練でも魔法で戦っていたし、あまり剣は得意ではないかもしれない。

エバン、と声をかけたけれど、それ以上はアルフリード様に手で制された。

「ええ、構いません」

「真剣と木剣、どちらにいたしますか？」

「問題がないようでしたら真剣で。身体強化は使えますか？」

「はい、使えますよ」

「でしたら身体強化以外の魔法は使わないようにしましょう」

と、アルフリード様とエバンは話し、二人の手合わせが決まった。

周りの騎士達が手を止め、訓練場の端に移動して場所を空けたので、アルフリード様とエバンが中央へ向かう。他の騎士達も試合が気になるようだ。

「アルフリード様、無理しないでくださいね！」

声をかけるとアルフリード様がひら、と手を振った。

エバンは気のいいおじさんといった感じだけれど、あれでかなり腕が立つ。若い頃は傭兵だったそうで、お父様に声をかけられて騎士として仕えることになったと聞いたことがある。

何より、わたしはエバンから身体強化や剣を学んだ。

訓練場の中央で二人が剣を構える。

エバンは剣を両手で、アルフリード様は右手に持ち、体を斜めにして構える。

審判代わりの騎士が手を上げた。

「始め！」

エバンが駆け出した。その大柄な体に見合わない速さは何度見ても驚かされる。

剣がアルフリード様に振り下ろされた。キィンと甲高い音がして、エバンの剣とアルフリード様の剣がぶつかり、予想外なことにエバンの剣が弾かれた。

アルフリード様は右手に剣を持ち、左手を添えているが、弾いた様子からして衝撃をあまり受けていないようだった。表情の変化もない。

エバンが弾かれた状態からすぐさま体勢を立て直し、二度三度と剣を打ち込んでいく。

しかし、アルフリード様は表情を変えずにそれらを受け流す。

アルフリード様よりも一回り近く体格ががっしりしたエバンの、重い一撃を、アルフリード様はほぼ片手で受けていて、それでいて危うさは感じられない。

その様子に周りで見ていた騎士達がざわめいた。

……もしかしてアルフリード様って剣も強いの？

思えばアルフリード様が魔法を使うところは沢山見ているが、剣を持っている姿を見たのは初めてである。だからこそ、剣は苦手なのだろうと思っていたが、勘違いだったのかもしれない。

「凄い……」

何より、エバンの猛撃に対してアルフリード様は最初の位置からほとんど動いておらず、全ての攻撃を上手く受け流していた。明らかにエバンよりも剣の腕が上なのが窺える。

……魔法だけじゃなく剣も強いなんてカッコイイ……‼

ドキドキと高鳴る胸を押さえつつ、手合わせを見守る。

エバンの剣を一際強く弾いたアルフリード様が一歩前へ出て、剣を突き出し、エバンが逆に身を引いて避ける。だがアルフリード様は更に前へ出た。

ハッとした様子でエバンが剣を構えると、アルフリード様の振り下ろした刃を受け止める。

二人の剣が交わり、ギリギリと力が拮抗する。

細身のアルフリード様だが、ああ見えて、実はかなり体を鍛えているのだろうか。

数秒押し合っていたが、アルフリード様がギィンとエバンを押し出し、よろけたエバンの手から剣を弾き飛ばした。弾かれた剣が少し離れた場所に落ちる。

「……私の負けです」

エバンが肩を竦めながら両手を上げた。

アルフリード様が構えを解く。

「お強いですね、リュディガー様」

「あなたこそ、王城の騎士に引けを取らない強さです」

「それは嬉しい褒め言葉ですね」

二人が近付き、握手を交わす。

同時にワッと騎士達が沸き立った。

エバンに近寄っていく騎士達に、慌ててわたしもアルフリード様に駆け寄った。

「アルフリード様、凄いです！　剣も強いなんて知りませんでした！　カッコイイです‼」

「ありがとうございます」

アルフリード様の目が優しく細められる。

「でも、どうして普段は魔法しか使わないんですか？」

こんなに強いなら騎士達との訓練でも使えばいいのに。

少し身を屈めたアルフリード様がわたしの耳元で囁いた。

「魔法士なのに剣も得意だと知れたら、紅玉に振り分けられてしまいますから」

低く囁く声にドキッとした。

「っ、こ、紅玉ではダメだったんですか？」

「戦闘の多い紅玉では私の体質について疑念を抱かれる可能性があります」

アルフリード様は少しだけ困ったように眉を下げた。それ以上は言わなかったけれど、確かに紅玉の魔法士になったらアルフリード様は魔獣討伐などに派遣されるだろう。

その時にもし、何かの拍子に呪いを見られたり、何か疑念を抱かれたりしたらアルフリード様だけでなくリュディガー公爵家も、王家も困るだろう。呪いで鱗模様が出てしまったり、瞳孔が縦に裂けたり、そういう姿を晒してしまう可能性もある。

「……だから紫水に入ったんですか？」

研究ばかりしている引きこもりの魔法士団。

それなら、人と接する機会も少ないから。

「その通りです」

頷くアルフリード様に抱き着く。

上手く言い表せないけれど、胸がギュッとなった。

……アルフリード様はもっと自由に生きてもいいと思う。

そう言おうと口を開きかけた時、大声が響き渡った。

「ミスリル姉さん‼」

懐かしいその呼び方に思わず振り向いた。

訓練場の向こうから、灰色がかった茶髪に水色の瞳の男の子が足音を立てながら近寄ってくる。

歳はイシルディンと同じくらいだろうか。怒ったように眦《まなじり》をつり上げて近付いてきた男の子は、そばに立つとわたしの手を掴んでアルフリード様から引き離そうとする。

「こんなどこの者とも知れない男に抱き着いたら危ないよ！」

しかし、即座にアルフリード様が男の子の手首を掴んだ。

「あなたこそ、いきなり女性の手首を掴むなど、紳士的ではありません。ミスティに怪我をさせるつもりですか？」

「なっ、何でその呼び方を⁉　それはミスリル姉さんのご両親しか呼ばないのに‼」

「何故も何も、私はミスティの婚約者ですので」

ギリ、と音がして男の子の手がわたしの腕から離れる。

痛かったのか男の子がアルフリード様の手を振り払った。

「あなたが噂の婚約者ですか！　一体どのような手を使って、いえ、ミスリル姉さんの傷心につけ込んだに違いない‼　そうなんでしょう⁉」

びしりと指差されたアルフリード様が目を瞬かせる。

「そう言われると返す言葉がありませんね……」

「やっぱり！　ミスリル姉さん、どれほど見目が良くても中身まで良いとは限らないよ！」

ふむ、と考えるアルフリード様に男の子が騒ぐ。

それにわたしは苦笑してしまった。

「久しぶりだね、リド君」

男の子の表情がパッと明るくなる。

「ミスティのお知り合いですか？」

「はい、リルファーデ子爵家の家臣で、遠戚の、エルベール騎士爵家の子です。イルンストン伯爵家と婚約を結ぶ前くらいまではよく一緒に遊んでいた幼馴染の一人で、イシルのお友達でもあります」

紹介すると、男の子が騒ぐのをやめて礼を執った。

「ミスリル姉さんの幼馴染のエルベール騎士爵家の嫡男、リドニア＝エルベールです」

……何で幼馴染を強調したの？

アルフリード様も丁寧な礼を執る。

「リュディガー公爵家の次男、アルフリード＝リュディガーと申します。ミスティとは婚約させていただいております」

それにリド君がムッとした顔をする。

「ミスリル姉さんは騙されてるんだよ！　公爵家の令息といきなり婚約の話が出るなんておかしいよ！　だって、ちょっと前に婚約破棄されたばっかりなのに――……!!」

「エルベール騎士爵令息」

今まで聞いたことのない、アルフリード様の冷え冷えとした声にギョッとした。

驚いたのかリド君の言葉も止まる。

「私については何を言っていただいても構いませんが、ミスティのその件について騒ぎ立てるのは彼女のためにならないと思うのですが」

リド君がハッとした様子でわたしを見た。

「ごめんなさい……」

「ううん、いいの。それについては気にしてないから」

リド君はぐっと唇を一度噛み締めると顔を上げた。

何かを決意したようなその表情は真剣なものだった。

その手につけていた白い手袋を外すと、何と、リド君はそれをアルフリード様に投げつけた。

「リュディガー公爵令息‼」

え、とわたしだけでなく、その場にいた騎士達も騒めいた。

「あなたをミスリル姉さんの婚約者として認めない！　ミスリル姉さんと結婚するなら、決闘で俺を倒さない限り、俺は反対です‼」

貴族男性にとって『外した手袋を相手へ投げつける』という行為は決闘の申し込みであった。

びしりとアルフリード様を指差すリド君に、わたしを含めた騎士達が「えぇぇえっ⁉」と驚愕の声を上げた。今日は予想外のことばかり起こっている。

しかし、アルフリード様は意外にも冷静だった。

投げつけられた手袋を受け止め、言う。

「あなたの許しは必要ありませんが……」

チラリとわたしを見て、そして頷いた。

「いいでしょう。この決闘、お受けします」

「ちょ、アルフリード様もリド君も、どうしちゃったんですか⁉　何で決闘⁉　待って——……」

と、止めかけたわたしの声を大きな声が遮った。

「あっはっはっは！　それなら俺が立会人になってやろう‼」

「って、叔父様どうしてこちらに⁉　今は執務中のお時間ではなかったのですか⁉」

「いや、リド坊が凄い顔でこっちに走っていくのが見えたんでな、絶対何か起こると思ってな！」

「それなら今すぐ止めてください‼」

アルフリード様とリド君が決闘なんてする理由などないはずなのに。

けれども叔父様は笑ったまま首を振る。

「いやいや、男の戦いを止めるなんて、そんな野暮なこと出来ないだろう。それにもう決闘の申し込みをして、アルフリードが受けた以上、周りが口出しすることでもないしな」

「あああ、そうでした……！」

貴族の決闘は申し込みをされた以上、よほどのことがない限りはそれを断ることは出来ない。決闘を断るのは逃げると同義であり、それは誇りや家名を重視する貴族にとって恥になるため、基本的に申し込まれたら受けるものだ。

見れば、アルフリード様とリド君が対峙して、何だか睨み合っている気がする。

周りの騎士達も決闘を行うために場所を空けてしまい、これはもう、決闘を行う流れになってしまっている。どちらも引き下がれないだろう。

「アルフリード様、大丈夫ですか？」

慌ててアルフリード様へ問えば、頷き返された。

「問題ありません」

先ほどエバンと戦った様子からして、そう易々とアルフリード様が負けるとは思っていない。

だが、リド君は騎士爵家の者だけあって強い。

もしかしたら、どちらかが怪我をするかもしれない。

そっとアルフリード様の手がわたしの頬に触れる。

「そう心配せずとも彼に怪我を負わせるつもりはありません」

「それもですけど、アルフリード様が怪我をするのも心配です！　好きな人が怪我をして嬉しい人間なんていません！」

見上げれば、アルフリード様が僅かに口角を緩ませた。

「ありがとうございます。ミスティに心配していただけて、とても嬉しいです」

そうして額に口付けられる。

リド君が赤い顔で「ああー‼」と叫び、わたしとアルフリード様の間に割って入り、叔父様はおかしそうに笑っている。

「とりあえず、決闘するだろ？」

叔父様が軽い調子で言う。

結局、止めることが出来ず、アルフリード様とリド君は訓練場で決闘を行うことになった。

騎士達が訓練場の端に寄って、エバンの時と同様に場所が空けられると、エバンから真剣を借りたアルフリード様とリド君が進み出る。二人が距離を置いて向かい合い、剣を構える。

……うう、別の意味でドキドキする……！

叔父様が訓練場に入り、手を上げる。

「それでは、始め！」

かけ声と共に叔父様の手が振り下ろされた。

「はぁあああっ！」

リド君がアルフリード様へ剣を打ち込む。

エバンと同じくらい速く、けれども、それより少し軽い、剣のぶつかり合う音が響く。

アルフリード様はやはり右手に剣を持ち、左手は添える程度で、しかし片手でも危なげなくリド君の剣を受け流している。二度三度と剣が交わり、リド君の表情が険しくなっていく。

「く、このっ、何で、こんな……！」

どうしてそんなに険しい顔をするのかは分からない。

ただ、どこか泣くのを我慢しているようにも見え、対峙しているアルフリード様も何だか出会った当初のような無表情で、わたしはハラハラしながら見守るしか出来なかった。

叔父様も口元は笑っているものの、目は笑っておらず、決闘を黙って見ているだけだ。

エバンも騎士達もそうだ。リド君の表情は見えているはずなのに。

キィン、ガキィン、と強く剣同士がぶつかり合う。

「俺を馬鹿にしているんですか‼」

リド君が深く踏み込む。

「どうして本気を出さない！　俺が弱いからですか‼　子供の我が儘だと思っているんですか⁉

……っ、それとも、この決闘なんてあんたには遊びなのか⁉」

鋭い突きがアルフリード様の顔ギリギリを通り抜ける。

キンとその剣を、アルフリード様の剣が上へ弾いた。

「真面目にやっているつもりです」

「なら、何で受けるだけなんだ‼」

弾かれても、諦めずにリド君は突きを繰り出す。

それをアルフリード様は後ろへ下がり、避け、リド君からやや距離を置く。

リド君は軽く息が上がっていて、アルフリード様は息一つ乱れておらず、リド君が剣の柄を強く握り締めた。

「俺は……っ」

両手で剣を構えたリド君がアルフリード様を睨んだ。

「俺はミスリル姉さんが好きだ‼」

それに驚いた。驚きすぎて声も出なかった。

リド君は小さな頃から、それこそリド君が生まれた時からの付き合いで、イシルディンとリド

君も仲が良くて、だからわたしにとってはもう一人の弟みたいなものだった。

イルンストン伯爵令息と婚約してからは「他の男と二人きりになるなんて恥ずかしくないのか」と言われるようになり、付き合いが薄くなっていた。

それでもイシルディンからリド君のことは聞いていて、騎士として身を立てていくために剣の腕を磨いていると聞いて、さすがだなと思った。昔から、真面目で真っ直ぐで良い子だったから、きっと良い騎士になれるだろうし、そのまま騎士爵位を授かって家も存続するかもしれない。

わたしはあのまま元婚約者と結婚すると思っていたし、少なくとも、わたしとリド君の人生は交わらないだろう。

「ミスリル姉さんはいつだって優しくて、明るくて、努力家で、だからこそ頑張りすぎるところがあって、俺はずっと、そんなミスリル姉さんを支えたいって、守りたいって思っていた‼」

……ずっと、可愛い弟分だと思ってた。

「あなたはミスティと結婚したいのですか？」

淡々としたアルフリード様の声がした。

「っ、ああ、そうだ！　俺はミスリル姉さんが好きだ‼　ずっと想って、ずっと慕って、ミスリル姉さんの幸せを願ってた‼」

リド君が横薙ぎにアルフリード様へ剣を振る。

アルフリード様がそれを難なく弾いた。

「あんな男よりも、あんたよりも、ずっと前から好きだったんだ‼」

リド君の突き出した剣が鋭くアルフリード様の頬を掠めた。

「アルフリード様……‼」

思わず名前を呼んでしまう。

こちらからはアルフリード様の表情は窺えない。

だが、アルフリード様の気配が変わったのを感じた。

「……そうですか」

ゆら、と俯いたアルフリード様の髪が、服が、風もないのに揺れる。

リド君がまるで熱いものに触れたかのように、勢いよく飛び退いて距離を取った。

「出会いの早さについてはどうしようもありません」

俯いたままアルフリード様が言う。

「どちらが先に好きになったか、どちらの気持ちのほうが大きいかなど、比べようもないでしょう。私も、あなたの気持ちを否定するつもりはありません。……だからこそ」

チャキ、とアルフリード様が剣を構える。

「僕からミスティを奪おうとする者に容赦はしない」

それほど大きな声ではないはずなのに、それは聞こえた。

顔を上げたアルフリード様の視線は鋭く、そして決闘が始まってから初めて、アルフリード様が攻勢に出た。アルフリード様の猛撃がリド君を襲う。右から左からと来る攻撃をリド君は何とか受け流しているけれど、その苦しげな表情と打ち合う音からして、相当な衝撃が加わっている。

リド君にとってはかなりその衝撃はつらいはずである。

アルフリード様が剣を持つ手を引き、構える。

その様子から突きが繰り出されるのだと分かった。

それにリド君も受けの構えを取る。

アルフリード様がまるでレイピアでも扱っているかのように自身の剣で、リド君の剣を突く。

受けたリド君の剣が派手な音を立てて砕け散った。

「『竜の至宝を望むことなかれ』」

砕けた剣と、その勢いにリド君が尻餅をつき、アルフリード様が剣先を下ろす。

「私にとっての『至宝』はミスティです」

叔父様が手を上げた。

「そこまで！　勝者、アルフリード‼」

ワッと騎士達が歓声を上げる中、リド君が俯く。

顔は見えなかったけれど、こぼれ落ちた雫がその服を濡らしていき、アルフリード様がリド君に近付いた。リド君は俯いたままである。

「私がミスティを幸せにするとは確約出来ません。何事にも絶対はありません。しかし、彼女を幸せにしたいと思うし、そのために出来ることなら喜んでします」

俯いたリド君は数秒そのままだったけれど、袖で涙を拭うと顔を上げた。とても悔しそうな表情だった。リド君が何かを言って、アルフリード様が頷き、リド君へ手を差し出す。

その手を取って、リド君が立ち上がった。

「二人とも大丈夫ですか⁉」

駆け寄るとアルフリード様が少し目を細めた。

「はい、私も彼も、怪我はありません」

「良かった……」

アルフリード様に抱き寄せられる。

……そういえば、竜の至宝って、それって……！

あの言葉はこの世界で言うところの戒めの言葉である。

竜、つまりドラゴンは宝石や金貨などの光り物を好んで集め、大事にしていたというところから、どれほど高価なもので欲しいと思っても、他者の大切な物を奪ってはいけないという意味だ。

アルフリード様が使うとまさしく言葉通りの意味になる。

それだけわたしを大事に思ってくれているということだ。

リド君を見ると、気まずそうに視線を逸らされる。

「……俺の気持ち、嘘じゃないから」

ぽつりと呟かれた言葉に困ってしまった。

「それは疑ってないよ。好きだって言ってくれて、ありがとう。……でも、ごめんね。リド君の気持ちには応えられない。わたしはアルフリード様が好きだから」

唇を引き結んだリド君が顔を上げた。

「その人と一緒にいて、ミスリル姉さんは幸せ？」

わたしは即座に頷いた。

「幸せだよ。毎日、夢かと思うくらい、本当に幸せなの」

「……そっか」

リド君が泣きそうな顔で笑い、頭を下げた。

「ミスリル姉さん、ごめん。リュディガー公爵令息も申し訳ございませんでした。……俺はあなたには敵いません」

アルフリード様は「謝罪を受け入れます」と言った。

頭を上げたリド君が明るく笑った。

「幸せにね、姉さん」


その後、リド君はしょんぼりと肩を落として帰っていった。

どうやらわたしが新たな婚約者と共に帰ってくるという話を伝え聞いて、慌てて会いに来たようで、新しい婚約者がまた酷い男だったら決闘で勝って婚約を解消させるつもりだったらしい。

もし元婚約者とわたしが帰ってきたとしても、やはり、決闘を申し込むつもりだったそうだ。

「そのために剣の腕を磨いてきたんだし……」

と、ぼそっと呟いていたが、アルフリード様に負けて、わたしに振られて、傷心のリド君は騎士達に慰められてからトボトボと帰路に就いた。

……ちょっと可哀想だったかなあ。

叔父様はそんなリド君に苦笑していた。

「あいつも良い経験になっただろ。アルフリードも、いきなり決闘になってすまなかったな」

「いいえ、婚約者として当然の権利ですから」

アルフリード様の言葉に首を傾げる。

「何の権利ですか？」

「ミスティを巡って争う、でしょうか？」

「それ、要らなくないですか？」

叔父様がわたしの頭をポンと撫でた。

「好きな女を守る立場ってのは男にとっては名誉なもんさ」

わははと叔父様が笑い、そうして使用人が昼食の時間を告げに来たので、わたし達はそのまま昼食を摂ることになった。決闘があった後とは思えない和やかな昼食の席だった。


昼食後に少し休憩し、それから馬車の用意をしてもらう。

お父様とお母様のお墓がある場所は村の外れなので、屋敷から歩いていくにはちょっと遠い。

「村の墓地が外れにあって、そこに二人のお墓もあるんです」

用意してもらった馬車に乗って墓地へ向かう。

「ところで、アルフリード様の持ってるそれは？」

横を見れば、隣に座ったアルフリード様の膝の上にワインの瓶が大事そうに置いてあった。

ちなみにわたしの膝の上には小さめの花束が一つ。

「ミスティのご両親がお好きだったワインです。ご挨拶に行くなら手土産は必要だ、と」

「そこでお酒を選ぶところが叔父様らしいですね」

……まあ、わたしも似たようなものだけど。

手元を見下ろす。これは二人が好きだった花だ。

アルフリード様と顔を見合わせて笑い合う。

隣に寄りかかれば、アルフリード様に肩を抱かれる。

「ミスティは……」

呟き、そして、少し間を置いてアルフリード様が言葉を続ける。

「……私で良かったのでしょうか。彼、エルベール騎士爵令息ならば、呪いなどという面倒な事情もなく、ミスティももっと自由に過ごせたのでは……」

どこか暗いアルフリード様の声に顔を上げ、アルフリード様の頬を両手で挟み、目を合わせる。

「私はアルフリード様がいいです」

もしわたしがリド君と結婚したら、確かに自由に過ごせたかもしれない。昔のように領内を駆け回って、毎日みんなと笑って、裕福でなくとも楽しく過ごせるのかもしれない。

でも、今のわたしが望むのはアルフリード様なのだ。

「他の誰かじゃなくて、結婚するなら好きな人と、アルフリード様とがいいんです。貴族の令嬢として過ごすのも嫌ではないし、お義母様達と過ごす時間も、紫水で働くのも楽しくて、毎日充実しています」

そうして、わたしのほうから口付ける。

「アルフリード様、あなただけを愛しています」

間近にある綺麗な青い瞳の瞳孔がキュッと縦に裂ける。

……分かりやすくて可愛いなあ。

その目尻がほんのり赤く染まり、照れた様子でアルフリード様が視線を彷徨わせ、けれどもすぐにまた戻ってくる。見つめてくる青い瞳は熱を孕んでいた。

「だから、アルフリード様さえ良ければ、ずっと『竜の至宝』でいさせてもらえますか？」

「もちろんです、ミスティ」

ギュッと抱き寄せられる。

「あなたは私の『至宝』です。……誰にも渡さない」

その言葉が嬉しい。

「はい、渡さないでください」

……いつまでもアルフリード様と一緒にいたいから。

馬車の揺れの感覚が広がり、そしてゆっくりと停車する。

御者が扉を開けてくれたので馬車から降りた。

久しぶりに来た墓地は記憶の中とほとんど変わっておらず、村もそうだけれど、時の流れがあまり感じられない。ここは昔の頃からずっとそのままだ。

御者に待っていてもらい、墓地へ入る。

「アルフリード様、こっちです」

アルフリード様の手を引いて歩いていく。

お父様とお母様のお墓は敷地の奥まったところにあり、他の村人のお墓とは少し離れている。リルファーデ子爵家のお墓はそちらにまとめてあるのだ。

管理人が丁寧に草を刈り取ってくれていて歩きやすい。

「……ここです」

いくつか並んだ墓石の、まだ新しいものの前で立ち止まる。

二つ並んだ墓石にはお父様とお母様の名前が刻まれていた。不思議なもので、二人が亡くなった時は涙が出なかったのに、こうしてお墓を見ると何とも言えない物寂しい気持ちになる。

お花を二人の墓石の間に置き、アルフリード様も、持ってきたワインをそこへ置いた。

お墓への供物は後ほど管理人が片付けてくれるので安心して置いておける。

「お父様、お母様、お久しぶりです。ずっと来なくてごめんなさい。ちょっと色々あって……っていうのは言い訳だよね」

イシルディンと共に王都に出てから一度も帰らずにいた。

二人を忘れたわけではないけれど、でも、多分、わたしも本当は二人の死をきちんと受け入れられなかったのかもしれない。時間が経ってから遅れて実感が湧いたのかも。

「……もう叔父様が話してるかもしれないけど、わたし、婚約破棄されちゃったんだ」

　思い返すと色々あった。

　元婚約者から婚約破棄されて、家のためにもお金を稼がなきゃと思って仕事を探して、魔法士団の面接を受けて、紫水で働くようになって。そしてアルフリード様と出会った。

「でもね、今はそれで良かったなって思ってるよ。おかげでアルフリード様と出会えたし、紫水も良い人いっぱいで、毎日凄く楽しいよ。公爵家の方々も優しくて、いつもお世話になっていて、みんな凄く素敵なの」

　メルディエル士団長様、ウェルツ副士団長様、紫水のみんな、お義母様も、お義父様も、お義兄様とお義姉様、公爵家の使用人のみんな。紫水とは別の士団である紅玉と琥珀の士団長様達や騎士の皆さんも。婚約破棄してから、わたしの人間関係はとても広がった。

　だけど出会った人達はみんな良い人ばかりで、元婚約者と別れた時はどうなることかと思ったけれど、アルフリード様と婚約出来て今は凄く幸せだ。

「それに、一番大好きなアルフリード様がいるから」

　わたしの言葉にアルフリード様が胸に手を当て、二人の墓石に向かって丁寧に礼を執る。

「ミスティの婚約者になりました、リュディガー公爵家の次男、アルフリード＝リュディガーと申します。お二人にお会い出来て光栄です。ご挨拶が遅くなり失礼いたしました」

　まるでそこに生きている二人がいるかのように丁重に対応してくれるアルフリード様に、この人と婚約して良かったなあ、と改めて思う。

「ほら、こんなに素敵な人なんですよ！　ちゃんと両思いだし、強くて、かっこよくて、頼りになる人です！」

「そう言っていただけて嬉しいです」

アルフリード様の腕に抱き着くと、アルフリード様が微笑む。

もしお父様とお母様がいたら笑ってくれるだろう。愛し合っていた二人はきっとこの婚約を許し、祝福してくれて、アルフリード様とも仲良くなれただろう。

そう思うと視界が滲む。

……お父様とお母様に会いたい……。

元気な二人にアルフリード様も会ってほしかった。

もっと早くにアルフリード様と出会えていたら良かったのにと思ったけれど、もし二人が生きていたらわたしは子爵領からほとんど出ず、やっぱり他の誰かと結婚していただろう。

こぼれた涙をアルフリード様が拭い、抱き締めてくれる。

「っ、泣いちゃったけど、でも、二人とも、心配しないで。……わたし、幸せだよ。イシルも元気だし、もう少ししたら帰ってくるから。わたしより背も高くなって、見たらビックリするよ」

ははは、と笑ってみても涙は止まらない。

アルフリード様がギュッとわたしを抱き締めてくれる。

「ミスティ、我慢する必要はありません。故人のために流した涙は、天の国で花となってその人に降り注ぐそうです。そうして亡くなった人は自分が忘れられていないことを感じられるのだとか。ご両親のためにも沢山泣いていいのですよ」

　慰めるように、優しい声音でアルフリード様が囁く。

　感じる温もりに、優しい声に、涙があふれた。

「ほんとは、お父様とお母様に、アルフリード様と会ってほしかった……！　二人に、わたしの好きな人ですって、紹介したかった……‼」

「私もお二人に会って話がしたかったです。小さな頃のミスティやイシルディンについても聞いてみたかったです」

　どうして二人は早く亡くなってしまったのだろう。

　領民を大切にする、良い領主夫妻だった。

　みんなからも慕われる優しい人達だった。

　……ううん、どんな人達だったかなんて関係ない。

　ただ生きて、そばにいてほしかった。

「お母様と結婚式のドレスを選んで、お父様に、バージンロードを一緒に歩いてほしかった……！」

　貧乏でも二人が生きていてくれたら、それで良かったのだ。

「生きてほしくて薬草も沢山摘んだのに！　わたし、沢山たくさん頑張ったのに……‼」

　袋いっぱいに摘んだ薬草も結局半分以上は二人以外に使われることになり、お父様もお母様も助からなかった。あまり覚えていないが、それでも、真っ暗な山の中で月明かりを頼りに必死に薬草を探していた時の、あの心細さは覚えている。それでも頑張れたのは二人のためだから。

アルフリード様がわたしの頭をそっと撫でた。

「そうですね、ミスティは沢山頑張りましたね」

悲しくて、つらくて、寂しいけれど、アルフリード様の体温が、声が、それを受け止めて和らげてくれる。前にも泣いたのに、何度も泣くなんて子供みたいだと思うのに、涙が止まらない。

「ご両親は亡くなられましたが、天の国からミスティとイシルディンのことを見守ってくれていますよ。ミスティの頑張りを分かって、そんなあなたを誇りに思っているはずです」

アルフリード様の背に手を回し、ギュッと抱き着く。

「ここで、こんなことを言うべきではないのかもしれませんが――……私ならあなたを残して死ぬことはありません」

「え？」

顔を上げればアルフリード様の青い瞳と目が合った。

「私にはドラゴンの呪いがあります。体が頑丈で、魔力が多く、腕力や脚力も強いですが、そのおかげで他人より寿命が長いのです。今までの『呪い持ち』も長生きでした」

ふっとアルフリード様が微笑む。

困ったように、僅かに眉が下がっている。

「だから私はミスティよりも長く生きるでしょう」

この世界の人間の平均的な寿命は六十から七十年くらいで、それ以上は珍しい。治癒魔法があ

って も前世より医療技術が遅れているのと、平民だと貴族より寿命が短く、長生きするのは大体貴族である。

「ミスティを置いて先に逝くことはないと約束します」

止まりかけていた涙がまたあふれてくる。

「わたしも……っ、わたしも出来るだけ長生きします！」

「はい、二人で頑張りましょう」

「百歳を目指します！　それで、子供だけでなく、孫もそのまた子供も二人で抱いて、お祝いするんです‼　そうすればアルフリード様も一人になりませんし‼」

アルフリード様は目を丸くし、そして、嬉しそうに笑った。

「ええ、そうですね、あなたと私と子供達とで大家族をつくりましょう」

……お父様、お母様、心配しないで。

わたしはアルフリード様と共に歩いていくから。

二人が呆れるくらい幸せになるって決めたから。

「ずっと一緒にいてくださいね、アルフリード様！」

この人となら本当の意味で前を向いて歩いていける。

◇◇◇

「それじゃあ、ミスリル、アルフリード、またな」

叔父様の言葉にわたし達は頷いた。

三日間の滞在を終え、わたしとアルフリード様は王都へ帰ることとなった。

エバン達が護衛として王都まで送ってくれるそうだ。

……本当は護衛なんて要らないんだけどね。

やはり二人きりでの旅はちょっと問題なのだろう。

でも心配してもらえるのは嬉しいことだ。

「はい、叔父様もお元気で。結婚式の招待状を送りますね」

「ああ、楽しみに待ってる」

わたしの頭を撫でて叔父様が笑う。

叔父様には、バージンロードを歩く時に一緒に並んで歩いてもらいたいとお願いしてある。本来は新婦の父親が共に歩くのだけれど、わたしは叔父様と歩きたいと思った。

お父様とお母様が亡くなってから、ずっと子爵代理となって支えてくれた。わたしにとっては叔父であり、もう一人の父親であり、大切な家族である。

「アルフリード、ミスリルを頼んだぞ」

叔父様がアルフリード様の肩を叩く。

それにアルフリード様が頷いた。

「はい、お任せください」

わたしの手を取り、しっかりと手を握ってくれる。

叔父様の後ろでは使用人達も見送りに出ていた。

「みんなも元気でね！　落ち着いたら、また来るから！」

それにみんなが笑顔で頷く。名残惜しいけれど、馬車に乗り込んだ。

「ミスリル」

扉が閉まる前に叔父様に声をかけられる。

「お前は、お前の幸せを望んでいい。愛する男と幸せになれ」

思わず、まじまじと叔父様を見てしまう。

叔父様が優しく笑った。

「兄さんも義姉さんも、きっとそれを望んでる」

その言葉に泣きそうになった。

でも、多分叔父様が見たいのは泣き顔ではない。

わたしは出来る限りの笑顔で頷いた。

「はいっ、ありがとうございます、叔父様！」

叔父様が御者に頷き、扉が閉められる。

そうしてゆっくりと馬車が動き出した。

流れる車窓に、慌てて窓を開けて手を振った。

「叔父様もお元気で！　結婚式まで無理しないでくださいね‼」

返事の代わりに叔父様が大きく手を振る。やがてその姿が見えなくなり、でも、今度は村の人達がわたし達の乗る馬車を見つけて手を振ってくれた。

「ミスリル、またな～！」

「たまには帰っておいでね！」

「元気でやっていくんだよ‼」

と、みんなに声をかけられて胸が熱くなる。

離れていても、愛すべきわたしの故郷である。

「みんなも元気でね～‼」

街道に出るまでわたしはずっと手を振り続けたのだった。

◇◇◇

帰り道も順調で、何事もなくわたし達は王都に辿り着いた。

王都まで護衛してくれたエバン達はすぐに子爵領へ帰ることになるため、少し申し訳なかったけれど、わたしを屋敷まで送り届けた後にアルフリード様が公爵家に泊まっていかないかと申し出てくれたおかげで「貴重な体験が出来ます」とエバン達はアルフリード様についていった。

きっとわたしがそうだったように、公爵家のタウンハウスの大きさや絢爛さに驚くことだろう。

タウンハウスに戻るとイシルディン達に出迎えられる。

「お帰り、姉上」

離れていた時間は二週間もないくらいなのに、イシルディンの顔を見るととても安心した。

「向こうはいかがでしたか？」

「旅の途中、危険なことはございませんでしたか？」

ヴァンスとアニーの声に帰ってきたと実感する。

「すっごく楽しかった！　途中で魔獣は出たけど、グレイウルフだったし、何も問題なかったよ！」

「姉上のことだから『自分がやる！』って戦ったんでしょ？」

「あはは、さすがイシル。よく分かったね」

イシルディンが少し呆れたような、優しい笑みを浮かべた。

「弟だからね。アニーがお湯を沸かしてくれてあるから、先に旅の汚れを落としておいでよ。お土産話はその後で」

そうして、その日は夜遅くまでみんなでお喋りをした。

リド君について話すとイシルディンは呆れた様子だった。

「やっぱり姉上は気付いてなかったんだね」

「イシルは知ってたの？」

「うん、昔『お姉さんを俺にください』って言われたから」

それはリド君らしいなと思った。

「イシルはそれに何て答えたの？」

その時を思い出したのかイシルディンが笑う。

「『姉上より強くなってから言って』って返したよ」

リド君が剣の腕を磨いていたのは、元婚約者に決闘を申し込むためだけでなく、イシルディンの言葉も理由のひとつだったのかもしれない。

◇◇◇

「おはようございます！」

そうして、いつも通り紫水へ出仕する。

前日のうちに寮には戻っていたけれど、お休みをもらっていたし、士団長様達はお仕事中なので行っても邪魔になると思ったのだ。どうせ翌日には出仕するわけだし。

士団長室にはメルディエル様とウェルツ様、そして既にアルフリード様がいた。

「二週間もお休みをいただいてしまい、申し訳ありませんでした。お部屋は――……綺麗なようで安心しました！」

室内を見て、荒れた様子がないことにホッとする。

それにウェルツ様が苦笑した。

「また魔窟に戻らないよう、気を付けたので」

「ジョエル君ってば酷いんだよ～。僕がちょっと書類を落としただけでも『不要なら専用の箱に捨ててください』って注意が飛んでくるんだから、汚す暇もなかったのにさ～」

「そう言って、書類を引き出しの中に溜め込んでいたのはどなたですか。書き損じとか、保管書類とか、何でもかんでもとりあえず机の中に仕舞うのはやめてください」

士団長様が、あはは～と笑って誤魔化した。

……それは凄く想像がつくなあ。

アルフリード様がちょっと呆れた顔をする。

「ウェルツ殿、保管書類は大丈夫でしたか？」

「ええ、幸い破損などもなく無事でした。机の中の書類を仕分けするだけで半日かかりましたが、保管が必要な書類は全て紫水の保管庫に入れてあります」

溜め息交じりに言うウェルツ様に少し同情してしまう。

「お疲れ様です」

「いえ、アルフリード殿こそ、いつもお疲れ様です」

アルフリード様とウェルツ様が無言で頷き合う。

それにふと疑問が湧いた。

「そういったことは普段、アルフリード様がされているのですか？」

アルフリード様が一つ頷く。

「ええ、ウェルツ殿が基本的にはメルディエル士団長の予定や紫水の仕事の管理などの補佐についているのですが、書類に関する雑事は私が行うことが多いです」

そういうことらしい。わたしは掃除ばかりしているので、思えば、アルフリード様達がどういうふうに仕事をやっているかはあまり知らなかった。

「ところで、旅行はどうだった～？　二人とも休暇は楽しめた？」

露骨に話題を逸らすメルディエル様に、わたしとウェルツ様が小さく笑い、アルフリード様も和やかに目を細めた。

そしてアルフリード様に抱き寄せられる。

「とても有意義な旅行でした。子爵領は自然豊かで、領民も皆優しく、彼女の叔父である子爵代理もとても楽しい方で、ミスティの人の良さはきっと領地で培われたのでしょう」

みんなのことを褒めてもらえて嬉しかった。

アルフリード様を見上げると優しく青い瞳が細められる。

「そっか、良い領地なんだろうね～。ミスリルちゃんを見ていると、育った場所や人の穏やかさが分かる気がするよ～」

「そうですね、でも、ちょっと心配になりますけど」

「ああ～、みんなミスリルちゃんみたいだったら確かにちょっと心配だよね～」

メルディエル様とウェルツ様が苦笑する。

アルフリード様も困ったように僅かに眉を下げた。

「とにかく良い場所で、ミスティのご両親にも無事ご挨拶が出来ました」

……リド君との決闘を除けば、だけどね。

「それで、お二人に渡すものがあります」

アルフリード様が机の脇から紙袋を持ち出し、それぞれに手渡した。形からして中に箱が納めてあるようだ。渡された紙袋の中を二人がほぼ同時に覗き込む。

「リルファーデ子爵代理からです」

アルフリード様の言葉に驚いた。

「え、叔父様から？」

「王都に来た際に挨拶が出来なかったことを気にしていたようで『姪がいつもお世話になっております。今後ともよろしくお願いいたします』とおっしゃられていました。箱の中身は子爵領で採掘されたミスリル鉱石とのことです」

「いつの間に……」

わたしとアルフリード様はずっと一緒にいた。叔父様がわたしに知られずにこっそり会いに行ったのだとしたら、恐らく夜の遅い時間か朝の早い時間だろう。

……でも、叔父様らしいなあ。

昔、まだお父様とお母様が生きていた頃、二人に内緒でわたしとイシルディンにお小遣いをくれた時もそんなふうに夜の遅い時間や朝の早い時間にこっそり部屋に来て渡してくれた。そういうところは変わっていないらしい。

「わたしもお土産を持ってきました！」

小脇に抱えていた袋をメルディエル様へ差し出した。

それをメルディエル様が受け取り、目を瞬かせた。

「こっちも結構重いね？」

「どうぞ、開けてみてください」

「じゃあさっそく……」

メルディエル様が箱のリボンを外し、蓋を開ける。

中を見て、驚いた様子でそれを取り出した。

「うわ～、魔石だ。それもかなり高品質だね～」

摘まれているのは淡い緑色をした宝石の欠片のようなもので、魔力を含んだそれは一般的に魔石と呼ばれている。地中で宝石が魔力を貯め込む場合と、倒した魔獣から出る場合とがあるが、魔獣から得たもののほうが価値が高い。

ウェルツ様も箱を覗き込んだ。

「随分沢山ありますね」

「子爵領に行く途中でグレイウルフの群れに襲われて、倒したんです。毛皮などの素材は子爵家で引き取りましたが、魔石はわたしがもらっていいという話になったのでお土産です」

魔石は魔道具にも、魔法を付与した装飾品としても使うことが出来るから魔法士は喜ぶらしい。魔力を体の外に出せないわたしが持っていても意味はないし、売るよりかは、有効活用してもらえる紫水に渡したほうが良いと思ったのだ。

「ちなみに、この大きくて一番綺麗な色の魔石はグレイウルフの上位種の魔石です」

これ、と箱の中の魔石を示せば士団長様の目が輝いた。

「え、上位種の魔石？　これ本当にもらっちゃっていいの～？　上位種の魔石って数が少ないんだよ？　魔法士としては凄く嬉しいけど……」

「だからこそ紫水の皆さんに使っていただきたいと思って。悪用される心配もありませんし、頑張って倒したので、有効に使ってもらえたらそれで十分です」

子爵領へ行く途中で倒したので、厳密には子爵領のお土産ではないのだけれど、その辺りは気にしないことにする。

「ミスリルちゃんが上位種を倒したの？」

「はい！　こう、ぐっと殴って、バキッと殴って、素材を傷つけないように打撃で勝負しました！」

シュッシュッと拳を繰り出しながら言えば、メルディエル様とウェルツ様が目を丸くして、それから噴き出した。

「いくらグレイウルフって言っても、上位種は通常のものより数倍強いのに、それを殴って倒しちゃうなんて凄いね～」

メルディエル様の言葉にアルフリード様がふっと目を細める。

「他のグレイウルフより一回り以上は大きい体躯が、ミスティの一撃で宙に浮き上がったのには私も驚きました」

「ああ、何だか想像出来ますね」

ウェルツ様が眉を下げて困ったように笑う。

三人に見つめられて、わたしは胸を張った。

「剣だと毛皮などの素材に傷がついてしまいますから。打撃なら傷つかないですし、魔石を壊す心配もないでしょう？」

「確かに、この魔石は一番品質が良さそうだね～。他の魔石も、これも、魔道具に使えるくらい良いものだから紫水としても助かるよ～」

ニコニコ顔のメルディエル様にわたしも笑みが浮かぶ。

そうこうしているうちに始業の鐘が聞こえてきて、わたしはお掃除を、アルフリード様は副士団長としてのお仕事を二週間ぶりに行うこととなった。

ちなみにお掃除担当の魔法士さん達のお部屋に行ったら、みんなから「お帰りなさい」「旅行は楽しめましたか？」と声をかけてもらえて、わたしは嬉しくなった。

……領地だけじゃなくて、王都にもわたしの居場所がある。

本当に良い職場に恵まれたと思う。

これからも、わたしはここで頑張っていきたい。

第三章　幸せな結婚

旅行から一週間後の休日、わたしはリュディガー公爵家にお邪魔させてもらっていた。

結婚式を挙げると決めてからはやることがいっぱいだ。

式を挙げる教会選びをして、教会にお願いし、招待客の選定に招待状を書いて送って、そしてこれからドレス選びである。

公爵夫人であるお義母様がウェディングドレスを一緒に見てくれるということだった。

ちなみにアルフリード様もタキシードを注文するために仕立て屋を呼んでいる。

この世界では、結婚式まで花嫁がドレス姿を異性に見せることはない。昔、ドレス姿を公開した花嫁が結婚前に攫われるという事件があり、それ以降、花嫁衣装の用意に異性を関わらせないのが一般的となった。

「いらっしゃい、ミスリルちゃん」

言われた通り、着替えやすいシンプルなドレスで来たわたしをお義母様が出迎えてくれる。

「本日はよろしくお願いいたします、お義母様」

「ええ、素敵なドレスにしましょうね」

と、お義母様直々に案内してくださり、わたしは公爵家の応接室の一つに通された。

そこには既に仕立て屋のデザイナーだろう人やお針子さんだろう人達がいて、お義母様とわたしが部屋に入ると丁寧に礼を執ってくれた。

お義母様の許しがあり、顔を上げたその人を見て「あ」とつい声を漏らしてしまった。

「私のお気に入りのデザイナー、エミリヤよ。ミスリルちゃんも何度もドレスを仕立てているでしょう？　彼女なら安心して任せられると思って声をかけたの」

アルフリード様がよく連れて行ってくれる服飾店のオーナーであり、デザイナーでもあるエミリヤ＝ブラッドソンさんだった。

マスクの件もそうだけれど、アルフリード様から贈ってもらったドレスや靴などは全てブラッドソンさんのお店のものだ。着心地も良く、可愛く、どれも素敵である。

「はい、ブラッドソンさんにドレスを仕立てていただけるのであればとても嬉しいです！　よろしくお願いいたします！」

「こちらこそ、よろしくお願いいたします。お嬢様の結婚式という大切な日の装いを任せていただけて光栄ですわ」

よく見ればお針子さん達も見覚えがある人ばかりだ。

「まずは採寸をいたしましょう。お嬢様のサイズは控えておりますが、式までは何度か採寸を行い、当日、きちんと体に合ったものにいたします」

お義母様がソファーへ座り、わたしはお針子さん達と共に衝立の向こうへ入る。あっという間にドレスを脱がされた。驚くほど手際良くドレスが脱げるので、何度経験しても不思議な気持ちになる。

「だからミスリルちゃんも体型には気を付けるのよ」

なんてお義母様に言われてギクリとする。

実は紫水で働き始めてからちょっと太った気がするのだ。

……だって食堂のご飯が美味しすぎるから……‼

あんなに美味しい食事を毎日食べられると思うと、三食しっかり摂ってしまうので、絶対に働き始めた頃より太っていると思う。気を付けないと制服も着られなくなってしまいそうだ。

お針子さん達がわたしの全身を採寸する。そこまで測る必要があるのだろうかと思うところまでしっかり採寸し、手早く元着ていたドレスを着せられる。

衝立の外に出るとお針子さんがわたしのサイズが書かれた紙をブラッドソンさんへ渡した。

サッとそれに目を通したブラッドソンさんは紙をお針子さんへ返した。

「今日はミスリルちゃんに見せたいものがあったのよ」

お義母様がそう言い、頷くと、ブラッドソンさんが手を叩いた。お針子さん達がもう一つあった衝立を退かす。

衝立の向こうから真っ白なドレスが現れた。

シンプルだけど一目でウェディングドレスだと分かった。

胸元までデコルテの出た真っ白なドレスには胸元と裾に少しだけ刺繍が施されており、清楚な雰囲気で、可愛らしい。光沢の感じからしてかなり高級な布を使っている。

驚いてまじまじとドレスを見るわたしに、立ち上がったお義母様が近付いてきて、そっと肩に手が置かれた。

「このドレスはミスリルちゃんのお母様が結婚式に着られていたものよ」

「え？　お母様が？」

「先日いらしたリルファーデ子爵にお願いして送っていただいたの。とても大切になさっていたのね。ほとんど汚れや傷みはなかったわ」

改めて真っ白なドレスを見る。

後ろに大きなリボンがあり、シンプルな前と違って、後ろはスカート部分がレースに切り替えられ、長く綺麗なレースが後ろに広がっていた。清楚だけれど華やかさもある。

……きっと、これを着たお母様は凄く綺麗だったんだろうなあ……。

そこまで考えて、ふと気付く。

「でも、どうしてこのドレスがここに？　本来は弟と結婚する方が着るはずなのに……」

お義母様は微笑んだ。

「もちろん、ミスリルちゃんが着るために送っていただいたのよ。リルファーデ子爵も、イシルディン君も、このドレスはミスリルちゃんが着るべきだとおっしゃっていたわ。実の娘であるあなたが着たほうがきっと喜ぶだろう、と」

そっと背を押されて促される。恐る恐るドレスに近付き、触れる。

光沢のあるスカートは見た目通り滑らかで、肌触りも良く、確かに傷んでいる感じがあまりない。

きっとお母様は大事にしていて、使用人達も、きちんと手入れをしてくれていたのだろう。

……お母様……。

「サイズは事前にある程度、お嬢様に合わせて調整してあります。試着されてはいかがでしょう?」

ブラッドソンさんの言葉に頷く。

お針子さん達が衝立を移動させ、わたしとドレスを隠す。

そこでドレスを脱がせてもらうと、今度は、お母様のウェディングドレスを着る。お針子さん達はドレスを傷つけないよう丁寧に、けれども、無駄のない動きでドレスを整えた。

髪にピンでヴェールも留められる。

ヴェールは縁に刺繍が施されたもので、頭につけると腰くらいまでの長さで、繊細なレースでふんわりと出来ていた。

衝立が外され、わたしを見たお義母様が「まあ……」と口元に手を当て、それから優しく目を細めて微笑んだ。

「とても似合っているわ。形もデザインも正統派で素敵よ。……でもこれだと肩周りが出すぎていて、アルフリードは少し嫌がるかもしれないわね」

「そうですね、アルフリード様はあまり露出の多いドレスはお好みではないようですし」

普段着や夜会用のドレスでもそうだ。

「ミスティの綺麗な肌を、他の男に見せたくありません」

と、言うので胸元までのドレスだったとしてもレースを増やして首や肩部分を覆うなどして隠すことが多い。

……さすがお義母様、分かってらっしゃる！

「ですが、今の流行りはデコルテ部分を出して美しく見せるものが主流です。あまり隠すと古めかしくなりすぎてしまうのではないでしょうか」

「ええ、そうなのよね。胸元はもう少し隠して、レースでそのまま襟を作るのはどうかしら？上半身と裾もそれに合わせてもう少し刺繍を増やしてほしいわ。ああ、でも、元のドレスが分からなくならない程度がいいわね」

ブラッドソンさんがお義母様の話を聞きながら、手元の紙にデッサンを行う。

「では刺繍を増やしつつ、大きな付け襟を重ねるのはいかがでしょう？　取り外しが出来ればドレスの形を変えずに済みますわ」

描き終えたデッサンを見せてくれた。

今のドレスの胸元は少々開きすぎているので、上からV字の大きなレースの付け襟を重ねる。上半身と裾のレースを増やし、もう少し華やかさを出しつつも、元の清楚な雰囲気は残す。

「とても素敵だと思います！」

横でお義母様も頷いた。

「そうね、これなら流行りを取り入れつつ、肌を見せすぎないから上品で、それでいて刺繍が華やかで可愛いわ」

「このドレスでしたら、細身のネックレスより幅のあるチョーカーのほうがお似合いですね。レースとパールを使用した、このようなものを合わせるのはいかがでしょう？」

　またブラッドソンさんが手早く紙にデッサンを行う。

　見せてもらうと、レースに大粒のオパールを飾り、それを囲むように小さな真珠が連なっていてとても華やかなチョーカーだ。

「そうね、これも作ってちょうだい。首元が寂しいと地味に見えてしまうもの。それから同じレースで手袋も用意してほしいわ」

「かしこまりました」

　手袋もいくつかデッサンを描いてくれて、その中からドレスに合いそうな繊細で可愛らしく、こちらも真珠を使った素敵な手袋に決まった。

　お義母様とブラッドソンさんが刺繍などについて細かく話している間、わたしはお母様のドレスを見させてもらうことにした。正直、どの刺繍がドレスに合うのかわたしには分からなかったし、そこはオシャレ好きなお義母様に任せたほうが安心だと思ったからだ。

　……手を加えても素敵だろうけど、今でも十分綺麗だなあ。

　お父様とお母様の結婚式を想像する。

　きっと、とてもお似合いだっただろう。

　ドレスに触れて目を閉じる。

　……お母様、今度はわたしの番だよ。

わたしもお母様達に負けないくらい幸せな花嫁になるから。


「それでは失礼いたします」

「ああ、ありがとう」

ドレス選びを終えた後はアルフリード様との時間だ。

お茶の用意をしてくれた公爵家の家政婦長が静々と下がる。

アルフリード様の部屋はシンプルで、家族写真や花などはそれなりに飾ってあるものの、他に目立つのは本棚くらいで、アルフリード様らしいと感じる。

家政婦長が音もなく扉を閉めて出て行き、わたしは隣に座っているアルフリード様を見た。

「アルフリード様」

呼べば、すぐに青い瞳が見返してくる。

「はい、何でしょうか？　ミスティ」

落ち着いた声が優しくわたしの名前を呼んでくれる。

だけど、それだけでは足りないと思ってしまう。

「わたしもアルフリード様に普通に話してほしいです。いつもの丁寧な口調も好きですけど、婚約者だし、もうすぐ結婚しますし、もっと気楽に話してください！」

そう言えばアルフリード様が目を瞬かせ、それから、目尻を少し下げた。

「よろしいのですか？」

訊き返されて大きく頷いた。

アルフリード様はご家族と話している時も丁寧な口調でいることが多いけれど、時々、お兄様と話していると砕けた口調になる。それに使用人などと話す時もそうだ。

個人的には丁寧な口調も好きだが、アルフリード様の素の話し方のほうが気になるし、そうしてもらえたほうがずっと嬉しい。

「もちろんです！」

「では、私が普通に話したら、ミスティもそうしてくれますか？」

「え、わたしも？」

「ええ、実はずっと気になっていたのです。ミスティの婚約者として、特別なことがほしいと。

……いけませんか？」

逆にお願いされて、わたしは戸惑った。

でも、確かに、わたし達は婚約者だし、もっと気楽に話してもいいのかもしれない。

アルフリード様の瞳が不安そうにこちらを見ている。

綺麗な青い瞳に見つめられると、どうにも弱いのだ。

「えっと、うん、分かった。わたしも普通に話すから、アルフリード様も普通に話して？」

そう答えれば、青い瞳が煌めいて、アルフリード様にギュッと抱き締められる。

「……ありがとう、ミスティ。とても嬉しい」

アルフリード様は無表情と言われるけれど、わたしからしたら結構分かりやすいと思う。

何より、綺麗な青い瞳は意外と感情豊かだ。

「ふふ、わたしも嬉しい！　アルフリード様とこうして普通に話していると、本当にこれから結婚するんだなあって実感が湧くよ」

アルフリード様が少し体を離してわたしを見る。

「アルでいいよ。僕がミスティと呼ぶように、愛称で呼んでもらいたい」

「……アル？」

そっと愛称を呼べば「うん」とアルフリード様……アルが目を細めて嬉しそうに頷いた。

……ん？　あれ？

「アル、今『僕』って言った⁉」

思わず訊けばアルが「ああ」と言う。

「うん、その、子供っぽいだろう？　一時期は『俺』に変えようとしたけれど、なかなか上手くいかなくて。だから普段は丁寧な口調で『私』と言うようにしているんだ」

恥ずかしそうにアルが視線を逸らす。その青い瞳の中で瞳孔が縦に変化するのが見えた。

……こんなに格好良いのに一人称が僕‼

「やだ、アルフリード様可愛い～‼」

見た目はクールなのに、実は凄く構いたがりなところもギャップ萌えと思っていたけれど、この外見で『僕』は可愛すぎる。逆に完璧だ。

ギュッと抱き着き返すとアルが少し不満そうな声を出した。

「ミスティ、アルです。それに男に可愛いと言うのは、あまり褒め言葉には……」

「そういうアルも丁寧な言葉に戻ってるよ?」

「あ」

見上げれば、頬に少しだけ鱗模様が浮かぶ。

その頬に触れるとアルがハッとした顔をする。

それにわたしは微笑んだ。

「照れてるアルも可愛い!」

わたしよりもずっと大きな男性だけれど、照れている姿にキュンとしてしまう。

「それにアルのこの呪いも可愛い」

アルが困ったように眉を八の字にした。

「可愛い……?」

「そう、格好良いけど可愛い。わたしはこの鱗模様も、目が縦に裂けるのも、全部好き」

そっと顔に触れて、頑張って背伸びをして、アルの頬にキスをする。

顔を離せば、アルの目元が赤く染まった。

色白だから照れるとすぐ分かるのも可愛い。

「ミスティ……」

わたしを抱き締める腕の力が少し強くなる。

そうして、アルがわたしの額にキスをした。

「そんなことを言ってくれるのは君だけだ」

言葉だけを聞くと寂しげなもののはずなのに、その声は熱っぽく掠れていて、どきりとする。

ちゅ、ちゅ、と何度も額にキスをされて顔が熱くなったが、それ以上に幸せな気持ちがあふれてくる。その感情のままにアルフリード様の胸元にすり寄る。

「何度でも言うよ。わたしは呪いも含めてアルが大好き」

頭の上にアルの顎が乗る感触がした。

「僕もミスティが大好きだ」

……アルの『僕』が凄くいい……！

社交界では『氷の貴公子』なんて呼ばれている人が、こんなに体の大きな人が、自分のことを『僕』と言っているのがこれほど可愛いとは。ハートを撃ち抜かれた気分だ。

「わたし、これからアル推しになるよ……！」

「おし？」

アルの不思議そうな声がして、それから、ややあってアルに見下ろされる。

「そういえば、前にも言っていたね？　女性騎士に対して『うっ、胸が苦しい』って」

「そう、それ！　……よく覚えてるね？」

「ミスティに関することは忘れないから」

……またサラッとそういうこと言って！

アルが期待に満ちた眼差しで見てくる。

「僕にも『うっ、胸が苦しい』と思うほど、格好良いと感じてくれている？」

キラキラと輝く青い瞳に嘘はつけない。

「……うん、だって、アルは格好良いし。それなのに可愛いとか、そんなの反則だよ。アルの新しいところを知る度に、わたし、ドキドキしてるんだから……」

素直にそう言えば、アルが無邪気に笑った。

「僕もだ」

……美形の笑顔の破壊力、凄い……‼

先ほどよりもドキドキと心臓が早鐘を打つ。

つい俯くと「ミスティ？」とアルの不思議そうな声に呼ばれる。今、顔を上げる余裕はない。

アルの笑顔があまりにも嬉しそうだったから、わたしのほうが照れてしまう。

ぐりぐりとアルの胸元に頭を擦りつけて誤魔化した。

「今のはずるい……」

「何が？」

どうやらアルは自分の笑顔に凄い破壊力があることに気付いてないらしい。

アルに抱き着いたまま言う。

「アル、今、凄く素敵な笑顔だったよ」

「え？」

見上げれば、ぺたぺたとアルが自分の顔を触っている。

その仕草が子供っぽくて可愛いと思う。

……ううん、違う。

アルだから、何をしても可愛く思えてしまうのだ。

恋は盲目と言うのは本当かもしれない。

「……ね、アル、笑ってみて？」

目の前でニッコリ笑って見せる。

途端にアルは眉根を寄せた。

「…………………難しいな」

笑おうとしてはいるようだが、意識すると無理らしい。

どんどんアルの眉間にしわが寄っていくので、わたしは背中に回した腕でぽんぽんとアルを軽く叩いた。

「ごめん、無理しなくていいよ。心から笑いたくなれば笑えるから。アルがちゃんと笑えるって分かってる。前にイシルに呪いを伝えた時も笑顔を見せてくれたしね」

……ただ破壊力は凄いけど。

あとでお義母様達にこっそり話そう。アルは幼少期以降、無表情になってしまったと話していたから、少しでも笑えるんだと知ったら安心するだろう。きっと喜ぶはずだ。

もう一度背伸びをしてアルの頬にキスをする。

その度に頬に現れる鱗模様に疑問を感じた。

「ところで、その鱗模様とか瞳孔とかに呪いがよく現れてるけど、ある程度は自分で制御出来るんだよね？」

それを制御するためにアルは厳しい訓練を受けて、その結果、感情が希薄になり、無表情になってしまったと聞いたが。

「出来るけど、どうしても気が昂ぶると制御しにくいんだ」

「気が昂ぶる……興奮するってことだよね？」

「うん、まあ……」

アルが居心地悪そうに視線を泳がせる。

……わたしがキスした時も出てたよね？

照れた時にも現れていたので、興奮、要は感情が強くなると出てきてしまうということだ。

逆を言えば、興奮しないと出ないわけで。

……やっぱりアルの感情がダイレクトに出るんだ！

そうと分かると悪戯心がむくむくと湧いてくる。

「アル」

名前を呼べば、アルがこちらを向く。

その唇にわたしのほうからキスをした。

唇を重ねたまま見れば、間近にある青い瞳の瞳孔がまた縦に裂けて、ギュッと縮む。

……ああ、可愛い人だなあ。

こんな人を推さずして誰を推すのだ。

ふと少し笑えば、後頭部にアルの手を感じた。

僅かに離れた唇でアルが言う。

「煽ったのは君だ」

え、と思った瞬間、またキスをされた。

でも今度は触れるだけの優しいものではなくて、深く口付けられて息も絶え絶えになる。

途中で一度唇を離したアルが「我慢してたのに」と呟いていたが、その意味を理解する前に、また深いキスをされて考える余裕ももらえなかった。

キスされていたのは数秒程度だったかもしれない。

でも、わたしにはとても長く感じた。

大きな手が後頭部と腰に回っていて逃げることも出来なくて、アルに翻弄される。

やっと唇が離れ、ふは、と息をする。時々、魔法士や騎士達の訓練に参加させてもらっているけれど、ここまでわたしが息を切らすことはなかった。

額にちゅ、とキスを落とされる。

「これ以上は夫婦になってから」

その声はどこか楽しげである。

キスでさえこうなのだから、この先なんて……。

想像してしまって顔から火が吹きそうだ。

「お、お手柔らかにお願いします……」

「ミスティ、言葉がまた戻ってる」

そう言って、またアルが微笑んだ。

……やっぱり美形の笑顔は破壊力がやばい‼

◇◇◇

「と、いうことで、アル……フリード様は笑っていました。イシルに呪いを説明した時も笑っていて、凄くカッコイイんです……！」

キスのことは伏せつつ、先日のことをお義母様に話した。

するとお義母様が「まあ……！」と口元を両手で覆う。その表情は驚きに染まっていた。

「アルフリードは本当に笑っていたの？」

「はい、二度目はわたしが言うまで笑ったことに気付いていなかったみたいですが」

「ああ、なんてこと、あの子がまた笑えるようになるなんて……」

泣きそうになったのか、お義母様がハンカチを取り出して、目尻に当てる。

わたしは出会ってからのアルしか知らないけれど、お義母様にとっては赤ん坊の頃から我が子として育てて、そばで見守ってきたのだ。

アルが表情を失った時も、きっとつらかっただろう。

子供の頃は天真爛漫だったそうなので、そんなアルが少しずつ感情を諦めていく姿というのは想像しただけでも悲しくなる。

それを間近で見ていることしか出来なかったお義母様達の心痛といったら……。

そっと、お義母様の背に手を添える。

「ありがとう、ミスリルちゃん。あなたがアルフリードの婚約者になってくれてから、あの子も良い意味で変わり始めて、嬉しいわ……」

わたしは慌てて首を振る。

「いえ、わたしは何もしていません！　きっとアルフリード様自身も変わりたいと思っていて、でも、なかなかその機会が得られなかっただけで……」

「そうかしら？　あなたがいてくれたからこそだと思うわ。……家族なのに、私《わたくし》達は何も出来なかったもの」

困ったような、悲しそうな顔をするお義母様の手を握る。

「そんなことありません。アルフリード様はたまに呪いについて話してくれますが、いつも『受け入れてくれる家族がいたから完全な孤独ではなかった』って言ってました。お義母様達がいたからこそ、アルフリード様は今まで頑張れたんです」

両親が亡くなっても、わたしには可愛いイシルディンがいた。もし弟まで死んでいたら、きっと耐えられなかっただろう。

アルフリード様も、公爵家の方々がいてくれたからこそ、耐えられたのだと思う。

きちんとアルフリード様に愛情は伝わっている。

「だから、お義母様達は何も出来なかったなんてことないです。不安ならアルフリード様に訊いてみてください」

お義母様が顔を上げると、何故か眩しそうにわたしを見た。

「そう……そうね、訊いてみるわ」

「大丈夫です。アルフリード様は絶対にお義母様達のことを悪く言ったりしません」

「ふふ、ミスリルちゃんはアルフリードのことをとても信じてくれているのね」

それに大きく頷いた。

「はい、アルフリード様はわたしの推しですから！」

お義母様が不思議そうに首を傾げた。

「推し？」

「一番大好きで幸せになってほしい。そのためなら何でもしたいと思える相手のことです！」

前は女性騎士推しだったけど、今なら分かる。あれはただの憧れだけだった。

そして、この気持ちは家族愛とも憧れとも違う。

「それなら、僕はミスティ推しになりそうだね」

聞こえてきた声に振り返る。

「アル！」

そこにはアルが立っていた。

駆け寄れば、アルが柔らかく抱き締めてくれる。

……アルのこと、一生推します！

大好きなわたしの婚約者が幸せそうに微笑んだ。

◇◇◇

「それでドレスは決まったのね？」

向かいの席で紅茶を飲む親友に頷いた。

「うん、お母様のドレスを手直しして着ることにしたの」

「きっとミレイア様も喜んでくださるわ」

そう微笑むのはアリエラ＝ボードウィン子爵令嬢で、わたしのただ一人の大切な親友である。

結婚式の準備が落ち着いたので、アリエラが「久しぶりにお茶しましょう？」と家へ招いてくれた。ちなみにアルにも声をかけたけれど断られた。

「友人同士でゆっくり過ごしておいで」

ということで、今日はわたしとアリエラだけのお茶会だ。

「ドレスも靴も、装飾品も大体決まったんだけど、出来れば『借りたもの』として持っていたら真珠の髪飾りを貸してほしいの」

「『新しいもの』『古いもの』『借りたもの』『青いもの』っていうアレね。ちょっと待っていて」

この国の結婚式の風習に、この四つを揃えて結婚した花嫁は幸せになるという言い伝えがある。その一つである『借りたもの』として、アリエラからドレスとチョーカーに合う、真珠の髪飾りを借りることにした。

アリエラが席を立って部屋を出ていく。声をかけられた時に伝えてあったため、用意しておいてくれたようでアリエラはすぐにジュエリーボックスを持って戻ってきた。

それをテーブルに置き、アリエラが席に戻る。

「真珠の髪飾りの中でも一番華やかで綺麗なものよ」

どうぞ、と手で示されてジュエリーボックスを開ける。

そこには光沢のある絹で作られたバラと蕾、バラの蔦が花から左右に広がって、真珠とダイヤモンドがちりばめられている。

アリエラの言う通り華やかだけど派手すぎはしない。

繊細な作りで触れるのも躊躇ってしまいそうだ。

「こんな素敵なもの、借りてもいいの……?」

「ええ、もちろん。私がデビュタントで使ったものよ」

貴族の令嬢は十六歳で社交界に出る。その時にはみんな白いドレスを着て、初々しく晴れ舞台を迎えるのである。きっとアリエラもその時に真っ白なドレスを着て、この髪飾りをつけてデビュタントに臨んだのだろう。可愛いアリエラを見てみたかった。

「結婚式なら特別良いものにしないとね」

ニコリと微笑むアリエラに嬉しくなる。

「ありがとう！　アリエラ大好き！」

立ち上がってアリエラに抱き着くと、アリエラも返してくれる。

「私もミスリルが大好きよ。こちらこそ声をかけてくれて、ありがとう。親友の人生で一番素敵な時間をお手伝い出来て嬉しいわ」

その言葉に心が温かくなる。

「ところで、アルフリード様とはその後どうなの？」

アリエラに問われて体を離す。

「どうって？」

「親密になれた？　ご両親にご挨拶もしたし、他人行儀なままでいるのも変でしょう？」

頬をつつかれ、先日のことを思い出して顔が赤くなる。

「い、今はもう言葉遣いとか呼び方とか、崩してるよ。わたしはアルって呼んでて、その、結婚後は子爵家《うち》のタウンハウスに住むって話もしてるし……」

「あのお屋敷は思い出も多いだろうから、住み続けられるのが一番よね。仕事は続けるの？」

席に戻りつつ、頷いた。

「うん、アルも紫水の皆様もそうしてほしいって言ってくれてるし、楽しいからお仕事を続けられるのも嬉しい！」

アリエラが優しく微笑み、頬杖をつく。

「最初は『魔窟』で働くって聞いてどうなることかと思ったけど、ミスリルにとっては良い転機だったのね」

それにわたしは、あはは、と苦笑する。

使用人として働くために面接に行き、受かった後、アリエラから教えてもらって初めて魔法士団・紫水のことを知った。さすがに考えなしだったかなと反省はしているけど。

……でも、うん、そうかも。

「紫水で働けて良かったってわたしも思う！」

もし他の場所で働いていたらアルとも出会えなかっただろうし、こんなに毎日が充実した生活は送れなかっただろう。

今はもう、アルや紫水のみんな、公爵家のお義母様達のいない生活は考えられない。

「これからもバリバリ働くよ！　アルを養えるくらい！」

「ふふ、アルフリード様も大変ね」

おかしそうに笑うアリエラにわたしも笑う。

アルが言う通り、親友とゆっくり過ごす時間は楽しかった。

◇◇◇

結婚式の準備が大体落ち着いた頃、アルが深刻な面持ちでこう言った。

「ミスティに会わせたい人がいるんだ」

その人はアルの幼馴染で実家の侯爵家を継いでおり、長く疎遠であったものの、最近は顔を合わせる機会が増えたらしい。

その疎遠だった理由も、アルの元婚約者と結婚していたからだそうで、しかし今は離婚しているとのことだった。

「アルの元婚約者って、自分の取り巻きだったご令嬢達にわたしを虐めるよう指示した人だよね？」

お城の使用人のご令嬢達や、お義母様と招待されたお茶会でサソリチョコを出された件を思い出す。少し前のことなのに、なんだか懐かしい。

「ああ、僕の友人はそれに関与してなくて、でも、ミスティが会いたくないなら……」

目を伏せたアルを見ながら少し考える。

アルがわたしに対して悪意を持つ人をわざわざ紹介などしないだろう。

それにこうしてまた縁を繋ぎたいと思うくらい大切な友達なのだとしたら、わたしも会いたい。

「ううん、会うよ」

わたしの言葉にアルが顔を上げる。

「アルの大事な幼馴染で友達なんでしょ？　それなら、これからも会うことがあるだろうし、紹介してもらえたら嬉しいな」

「……ありがとう、ミスティ」

ギュッと抱き締められて笑ってしまった。

「お礼を言われることなんて何もないよ」

むしろ、アルの友達を紹介してもらえて嬉しいのはわたしのほうだ。


それから数日後、アルとわたしでそのお友達の家にお邪魔させてもらうことになった。

公爵家の馬車に乗り、向かいながらアルが話してくれた。

「ウィリアム……幼馴染はウィリアム＝フェデラードといって、僕の元婚約者と結婚する際にドラゴンの呪いのことも打ち明けてある。……ウィリアムは僕の呪いを拒絶しなかった」

「そっか」

アルの手に、わたしは自分の手を重ねた。

「いいお友達だね。せっかくまた会えるようになったなら、大事にしないと！　それにアルの子供の頃の話も聞きたいし！」

アルがふっと目元を和ませて微笑する。

「母上達に散々教えてもらったのに？」

お義母様やお義兄様達はアルについて訊くと沢山教えてくれる。自慢の息子、自慢の弟のことを話したくて仕方がないといった様子で話してくれるのだ。

ちなみにアルには言っていないけれど、お義母様がギャラリーの一つに案内してくれて、アルの成長を残した絵も見せてもらった。小さな頃のアルは天使のようにとても可愛かったのは言うまでもない。

「知らないの？　好きな人のことは何でも知りたくなるし、同じ話でも、何度でも聞きたくなるんだよ？　アルだってわたしの子供の頃についてよくイシルに訊いてるでしょ？」

「なるほど」

ふふ、とアルが小さく笑う。

その笑顔を見るとわたしはいつも嬉しくなる。

馬車が目的地に到着し、馬車から降りて、わたしは目の前にあるお屋敷を見上げてしまった。

「うわあ、ここも綺麗……！」

公爵邸も広くて、大きくて、綺麗だったが、フェデラード侯爵邸も負けず劣らず大きくて綺麗である。思わず眺めているとアルが懐かしそうな顔をした。

「ミスティが初めて我が家に来た時を思い出すよ」

「だってあんなに広いとは思わなかったし……」

「あの時のミスティも目が輝いていて可愛かった」

よしよしと頭を撫でられる。

「もう、アルってばわたしを子供扱いしてない？」

見上げれば、抱き寄せられて額に口付けられる。

「子供だと思っていたらこんなことしない」

そんなやり取りをしていたら、こほん、とわざとらしい咳払いが聞こえてきて我に返る。

顔を戻せばお屋敷の前に若い男性が立っていた。

年齢はアルと同じか少し上くらいだろうか、柔らかな栗色の髪に鮮やかな緑の瞳が印象的な、優しそうな顔立ちのその男性が困ったように少し眉を下げた。

「ようこそ、アルフリード。それから、リルファーデ子爵令嬢は初めましてですね。フェデラード侯爵家の当主、ウィリアム＝フェデラードと申します」

アルが離してくれたので礼を執る。

「初めまして、リルファーデ子爵家の長女、ミスタリア＝リルファーデと申します。この度はご招待していただき、ありがとうございます」

「こちらこそ本日は来ていただき、ありがとうございます。アルフリードの婚約者であるあなたとお会い出来て嬉しいです」

アルが嬉しそうに目を細めてわたしとフェデラード侯爵を見ていて、来て良かったと感じた。

「さあ、中へどうぞ」

と、侯爵邸の中へ入り、応接室に通された。

アルと並んでソファーに座れば、紅茶が用意され、使用人は部屋の外へと出ていった。

出された紅茶を一口飲む。美味しい。

横にいたアルが「あ」と一口飲んで小さく声を漏らした。

それにフェデラード侯爵が微笑んだ。アルがフェデラード侯爵を見て、そして、何か通ずるものがあったようで二人が小さく頷き合う。そこに二人の付き合いの長さが感じられた。

「遅ればせながら、婚約おめでとうございます」

フェデラード侯爵にわたしは微笑んだ。

「ありがとうございます」

「先ほどの様子からして、二人が互いに思い合っていると分かって何よりです。私がこのようなことを言うのはおかしいかもしれませんが、アルフリードには幸せになってもらいたいと常々思っていたので、ホッとしました」

そうして、フェデラード侯爵がアルを見た。

「アルフリードがあれほど情熱的な男だったと初めて知りましたよ」

「ウィリアム、茶化さないでくれ」

「すまない、つい」

目を伏せ、照れた様子のアルにフェデラード侯爵が柔らかく笑う。その姿がアリエラと重なって、この人もアルのことを大事な友だと思っているのだな、と察せられた。

何より、アルがこれほど気安く接することが出来る人がいると分かって嬉しかった。

アルとフェデラード侯爵は少し会話を交わす。

その楽しそうな様子は眺めているだけで心穏やかになれる。

二人の会話が落ち着くと、フェデラード侯爵がわたしへ視線を戻す。

そうして笑顔が一転して真剣なものへと変わる。

「リルファーデ子爵令嬢には元妻が失礼しました。とても不愉快で、つらい思いをさせてしまったことを謝罪します」

頭を下げられたので、慌てて首を振った。

「頭を上げてください！　フェデラード侯爵は悪くありませんし、わたしの中ではもう終わった話なので」

「しかし、私は妻が何をしているか知らなかった。本来ならば私が一番に気付き、止めるべき立場だったのに……」

困ってアルを見上げれば、アルに肩を抱き寄せられた。

「ウィリアム、ミスティがこう言ってくれているんだ。頭を上げてほしい」

恐る恐るといった様子で頭を上げたフェデラード侯爵に、わたしは出来るだけ明るい笑みを浮かべてみせた。

……大丈夫ですよ。怒ってません。

それでもフェデラード侯爵は良心の呵責に苛まれているようで、表情は曇ったままだった。

「あの、もしどうしても申し訳ないと思ってくださっているのでしたら、一つお願いしたいことがございます」

そう声をかけたわたしにフェデラード侯爵がすぐに反応する。

「私に出来ることでしたら何でもおっしゃってください」

「では、アルの子供の頃について教えてください！」

「……え？」

身を乗り出して言ったわたしに、フェデラード侯爵が緑の瞳を瞬かせた。その瞳がアルを見て、わたしを見て、またアルを見る。

それにアルが苦笑交じりに頷いた。

「ミスティはこういう人だ」

そしてわたしに視線が戻される。

「……そんなことで良いのですか……？」

「大好きな人についてなら、わたしには大事なことです！」

緑の目が数度、瞬きをして、そしてふっと噴き出した。

フェデラード侯爵がおかしそうに笑う。

「分かりました。アルフリードが良いと言うのであれば、いくらでもお話しします」

わたしはアルを見た。

「アル、いい？」

「ミスティなら構わない」

即答だった。アルが微笑む。

「僕のことを知りたいと思ってくれて嬉しい」

その微笑みを見たフェデラード侯爵が目を丸くして、そして、嬉しそうに笑った。

「ではリルファーデ子爵令嬢にはとっておきのお話をしなければいけませんね」

「あ、わたしのことは名前か、ミスリルとお呼びください」

「ミスリル？　ああ、リルファーデ子爵領はミスリル鉱石で有名でしたね。もしかしてお名前はそこから？」

フェデラード侯爵の問いに頷き返す。

「はい、友人や親しい間柄の人はわたしをそう呼びます」

……わたしはあなたと親しくなりたいから。

アルの大切な友人なら親しくしたいし、これからもずっとアルの良き友人でいてほしい。

そういう思いを込めて言えば、フェデラード侯爵が胸に手を当てて、略式の礼を返してくれた。

多分、気持ちは伝わっている。フェデラード侯爵の微笑みは柔らかなものだった。

「私のことも、よろしければウィリアムとお呼びください」

チラリとアルを見れば頷かれる。

「改めて、よろしくお願いします、ウィリアム様」

「はい、こちらこそよろしくお願いします、ミスリル嬢」

……これでわたし達はお友達ですね！

「それで、アルフリードの子供の頃ですが――……」

その後は昔のアルの話でウィリアム様ととても盛り上がり、横にいた本人が照れたり、ちょっと嫉妬したりと色々あったけれど楽しい一日になった。

侯爵邸で過ごした数時間はあっという間で、帰り際、アルとウィリアム様は「またな」「ああ」と握手を交わしていた。

馬車に乗って帰路に就く。

「ミスティ、今日はありがとう」

横に座るアルがわたしの手を握った。わたしもそれを握り返す。

「どういたしまして」

好きな人からもらえる『ありがとう』は幸せな気持ちになる。

ふと、わたしは気になっていたことをアルへ訊いた。

「そういえば結婚式の招待客の中にウィリアム様の名前、なかったよね？」

「ああ、ミスティが嫌がるかもしれないと思って入れておかなかったんだ」

困ったように微笑むアルに更に訊く。

「アルはウィリアム様に出席してほしい？」

アルの口が開き、止まり、そして目を伏せた。

何かを言おうとしてやめたけれど、言っていいのか迷っているという風だった。大丈夫だとアルの手を両手で包む。

「ウィリアム様、良い人だったね。アルが望むなら招待してもいいんだよ。大切な時間だからこそ、大切な人を呼びたいって思うのは当然だし、これからのことを考えるなら招待しよう？」

目を伏せたまま、アルがわたしを見る。

「でも、それで周りから色々言われるかもしれない。……きっと、噂の的になる」

社交界の人々もアルとウィリアム様のことを知っているだろうから、あれこれと噂をするだろうし、その内容も良いものではないだろうが、それこそ余計なお世話というやつだ。

「ミスティも『彼女』と比べられると思う」

それはアルの元婚約者だった公爵令嬢のことだろう。

「アル」

やや強い口調でアルの名前を呼べば、青い瞳と目が合う。

わたしはニッと笑ってみせた。

「大事なのはアルとウィリアム様とわたしの気持ちでしょ？　仲良くしたいなら仲良くすればいいんだよ。周りのことなんて気にしなくていいの」

アルの目がまじまじとわたしを見る。

わたしがアルに告白された時、アルが言ってくれた。

大事なのはわたしとアルの気持ちだって。

お互いが好きならそれで十分なのだと教えてくれた。

「だってアルとウィリアム様は友達なんだから！」

アルがふっと目元を和らげた。

わたしの手をアルが握り返す。

「……ウィリアムを結婚式に招待したい」

それにわたしは大きく頷いた。

「もちろんいいよ！　ウィリアム様さえ良ければだけどね！」

「ああ、ウィリアムにも訊いてみるよ」

そっとアルの顔が近付いて、口付けられる。

離れた唇が「ありがとう」と囁いた。

返事の代わりにアルの頬へと口付ける。

……やっぱり、好きな人の『ありがとう』は特別だ！

◇◇◇

そして結婚式当日。公爵家は朝から大騒ぎだった。

式の後の披露宴は公爵家で行うため、その準備で使用人達が慌ただしく動き回っており、公爵邸全体の雰囲気もどこか浮き足立っている。

わたしとアルも式に向けて別々に身支度を整えていた。

前日にお休みをもらって我が家に帰り、翌朝、つまり今日の朝に公爵邸に来たわたしを待っていたのは、お義母様の侍女やメイド達であった。

すぐさまわたしは浴室へ放り込まれ、全身ピカピカ、痛いほどしっかり磨き上げられた。

……ここ一ヶ月はずっと公爵家にいたのになあ。

花嫁の美容は大切だとお義母様とお義姉様に力説され、式の一ヶ月前から公爵邸に泊まらせてもらっていたのである。

その間も毎日、美容のマッサージや香油など色々とされたのだけれど、まだ足りないらしい。

アルに訊いたら向こうも似たような状態だったそうだ。

でも、この一ヶ月も楽しかった。

朝起きて、朝食は公爵家の皆様と摂り、アルと王城へ出仕して仕事をし、昼食は士団長様達と食べて、仕事をして、アルと共に公爵邸へ帰って公爵家の方々と夕食を摂る。その後は式に合うメイクを確認したり、入浴して美容に良いパックをつけたり。ちなみに食事も美容に良いもの尽くしだった。

……公爵家のご飯も美味しいんだよね！

ぎゅ、ぎゅ、と全身を揉むように香油をすり込まれるのも、もう慣れた。

痛いけれど気持ちよくて、これをやってもらうと浮腫みもなくなってスッキリするのだ。

浴室から出て部屋に戻ると髪を乾かしてもらう。

「こちらをどうぞ」

と水分補給に飲み物を差し出される。

……なんだかセレブになった気分！

髪も爪も整えてもらい、少し休憩したら、ついにウェディングドレスを着ることになる。

数人がかりでドレスを着せられ、整えられ、レースの手袋をつけたら靴を履く。今日は今までで一番コルセットも締められた。

お化粧は清楚に、けれどいつもより華やかに。次に髪を纏めて結い上げたら真珠の髪飾りをつけ、ヴェールをつけ、最後に首飾りをつけてもらう。

「さあ、お嬢様、どうぞご覧ください」

メイドさん達が姿見を持ってきてくれた。

そこには真っ白なドレスを身に纏ったわたしがいた。

胸元までも白いドレスにレースと刺繍が施されたV字の大振りな付け襟、ふんわりと広がったスカートは前側に刺繍がされており、後ろは大きなリボンがついている。その下のスカートは生地が切り替えられて長いレースの襞《ひだ》が後ろへ綺麗に広がっていた。

レースの手袋とヴェールがドレスによく合っている。

何より、公爵家から贈ってもらった真珠のチョーカーが首元で華やかに輝き、デコルテ部分を綺麗に見せてくれている。

「眩いばかりにお美しいです、お嬢様」

「輝くほどお美しいです、お嬢様」

メイドさん達が微笑みながら褒めてくれる。

いつもなら「そんなことない」と返すところだけれど、今日は、我ながら美少女になったものだと思った。結婚式の準備を始めてからずっと、公爵家の皆様にはお世話になってきた。

その成果がこれなのだと実感した。

「皆さんもありがとうございます。こんなに綺麗になれたのは皆さんが頑張ってくれたからです」

一番大切な時間を、最も綺麗な姿で迎えられる。

メイドさん達は満足そうに微笑んでいた。

お義母様も確認に来てくれて、わたしのドレス姿を見て、やっぱり満足そうに頷いていた。

「私《わたくし》達は先に行っているわ。緊張するでしょうけれど、背筋を伸ばして、胸を張って式に臨むのよ。……大丈夫、私《わたくし》達が見守っているから」

そっとわたしを抱き締め、青や水色、白の花で纏められたブーケをわたしへ渡した後、お義母様は出て行った。

そうして入れ替わりに入ってきたのは叔父様だった。

ドレス姿のわたしに叔父様が照れた様子で笑った。

「綺麗だぞ、ミスリル」

わたしも笑って訊き返した。

「お母様と同じくらい？」

「ああ、義姉さんと同じくらい、綺麗だ。……本当に大人になったんだな」

どこか感慨深げに言う叔父様に歩み寄る。

「叔父様、ドレスをありがとうございます。お母様と同じドレスを着て式を迎えられることが、とても嬉しいです」

「気にするな。俺はただ送っただけだ」

伸ばされた手が途中で止まった。

癖でわたしの頭を撫でようとして、髪を乱したら困ると気付いたのだろう。気分的には叔父様に頭を撫でてもらいたいけれど、せっかくメイドさん達が整えてくれた髪型を崩すのは忍びないので、代わりに叔父様の手を取った。

「行きましょう、叔父様」

時間的にも丁度いい頃だろう。

叔父様が一瞬泣くのを堪えるように唇を引き結ぶと、ニッと笑った。

「ああ、行こう」

部屋を出て、公爵邸の玄関へ向かう。屋敷の外へ出ると使用人達が並んでいて、全員が礼を執って送り出してくれた。忙しいはずなのに、そうしてくれる気持ちが嬉しい。

馬車に乗り込み、ゆっくりと走り出す。

……本当に、あっという間だったなあ。

婚約者から婚約破棄されて、紫水の面接を受けて、働くようになって、アルに出会って。

婚約破棄なんて貴族令嬢としては疵《きず》にしかならないけれど、でも、それはきっと、わたしの人生の転機だったのだ。

もしかしたらアルにとってもそうだったのかもしれない。

交わるはずのなかったわたし達の人生が交わった。

夢みたいなのに、夢ではない、本当の話。

アルのことも、紫水の皆さんのことも、公爵家の方々も、本来の子爵令嬢《わたし》では関われるような立場の人達ではなかった。だけど、今、こうして沢山の人達に出会って、支えてもらって、祝福されながら結婚式を迎えられる。

「もうすぐ到着するな」

叔父様の言葉に意識が引き戻される。

顔を向ければ、叔父様が優しい目でわたしを見ていた。

「……この姿を兄さんと義姉さんにも見せたかったな。いや、あの二人ならきっと天の国から見守ってくれているか」

「きっとそうだと思います」

目を閉じればお父様とお母様の姿を思い出せる。天の国でも二人は幸せに寄り添い合って過ごしていることだろう。生きていた頃のように。それに負けないくらいわたしも幸せになりたい。

馬車が停まり、叔父様が先に降りる。

「ミスリル、もし困った時はアルフリードを頼れ」

馬車から降りつつ、言われた言葉に顔を上げる。

「『俺を頼れ』じゃないんですね？」

てっきり叔父様ならそう言うかと思っていた。

「そういうのはアルフリードの役目さ。夫婦ってのは苦楽を共にして助け合うもんだ。お前が苦しい時、見て見ぬふりをするような男なら捨てちまえ。そしてお前もアルフリードが苦しい時はそばで支えてやるんだ」

「はい」

「まあ、こんなこと言わなくてもお前なら分かっているだろうがな」

叔父様が差し出した手に、わたしも手を重ねる。

そっと促されて教会の中へ続くバージンロードをゆっくりと歩いてく。階段を上がり、開かれた扉を潜れば、扉の脇にいた教会の人が花嫁の到着を告げる。

それによって賑やかだった教会内がシンと静まり返った。

ゆっくり、ゆっくり、赤い絨毯の上を進む。

視線を動かせば、左右の席にいる招待客の顔が見える。

公爵家の関係者、子爵家の関係者、それからメルディエル様とウェルツ様もいて、アリエラもいて、角のほうにはこっそりウィリアム様もいて。紅玉と琥珀の士団長様がいて。

……えっ⁉　第三王子殿下が何でいらっしゃるの⁉

公爵家の方々とイシルディンのそばに第三王子、ケーニッヒ・オルドア＝ユースタリア殿下がちゃっかり座っていた。

アルは本来ならば第四王子という王族の身分で『呪い持ち』だったせいで公爵家に引き取られた。けれども表向き、第三王子とアルは従兄弟だ。それに魔法士団の統括は第三王子殿下なので上司として出席しても不思議はないが、招待客名簿に名前はなかった気がする。

目が合うとニッコリ笑顔で小さく手を振られた。

……気にしないことにしよう。

一度伏せた目を上げると美しいステンドグラスがあった。優しそうな面立ちの女神様が両腕を広げ、全てを包み込むように、見守るように、色とりどりの硝子で描かれていた。

そのステンドグラスから差し込む光が祭壇に降り注ぐ。

そこに、真っ白なタキシードに身を包んだアルがいた。

襟や袖に金糸で少し刺繍が入り、刺繍と同じ色のクラヴァットをつけ、胸元にわたしの持つブーケを小さくしたような可愛らしい花飾りをつけている。

明かりなど必要ないほど、差し込む光で教会内は明るい。

アルの金髪が光を受けてキラキラと輝く。

一歩、また一歩と近付くわたしを静かに見守っている。

二段ほどの階段を上がり、アルのそばへ立つ。

アルがぼんやりとわたしを見つめていた。

「……アル？」

名前を呼ぶと我へ返ったアルが照れた様子で目を細めた。

「あまりに綺麗で、つい、見惚れていた……」

「ありがとう。アルも今日は一段とカッコイイよ」

叔父様がアルを見て、わたしの手をアルへ差し出した。

「俺の可愛い姪っ子を頼む。……幸せにしてやってくれ」

「はい、身命を賭して尽力いたします」

アルが頷き、そして、わたしを見た。

叔父様の手からアルの手に、わたしの手が預けられる。

叔父様が下がり、わたしとアルが祭壇に残される。

前に立つ司祭様へ二人で向いた。

「今日、この良き日に新郎アルフリード＝リュディガーと新婦ミスタリア＝リルファーデは互いに愛を誓い、婚姻を迎えることとなりました。お二人は魔法士団・紫水で出会ったことがきっかけで――……」

司祭様がわたし達のこれまでについて語り始める。

繋がった手がギュッと握られて、わたしも握り返す。

「……ずっと、この時を待っていた」

アルの呟きに、まるで悪役みたいなセリフだなと思ってしまった。

……でも、あながち間違いではないのかも？

もし、わたし達がもっと前の時代に生まれていたとして、ドラゴンが、魔王が恐れられていたなら、多分アルの呪いももっと強くて、もしかしたら魔王の再来だと言われたのかもしれない。

人間は魔王を倒そうとして、強い人間を集めて、前世のファンタジーみたいに勇者とかが選ばれたりして。わたしは恐らく勇者側になるだろう。

……世が世なら、敵同士になっていた可能性もあるかも？

そう考えると今この時代に生まれて良かった。

「わたしも」

運命なんてあるかどうかは分からないけれど、アルと同じ時代に生まれたことに感謝したい。

「やっとミスティを僕の『至宝』に出来る」

「もうそうじゃないの？」

「……僕がそう思うのと、周りが認めるのとでは違うから」

いじけた子供みたいに囁くアルに笑ってしまう。

「――……それでは、新郎新婦の誓いの言葉を始めます」

司祭様の言葉にしゃんと背筋を伸ばした。

誓いの言葉が紡がれる。

「新郎アルフリード＝リュディガー、あなたは今、新婦ミスタリア＝リルファーデを妻とし、神の導きによって夫婦になろうとしています。汝《なんじ》、健やかなるときも、病めるときも、喜びのときも、悲しみのときも、富めるときも、貧しいときも、これを愛し、敬い、慰め、共に助け合い、その命ある限り真心を尽くすことを誓いますか？」

「誓います」

ハッキリとしたアルの声が響く。

司祭様がもう一度、誓いの言葉を紡ぐ。

「新婦ミスタリア＝リルファーデ、あなたは今、新郎アルフリード＝リュディガーを夫とし、神の導きによって夫婦になろうとしています。汝、健やかなるときも、病めるときも、喜びのときも、悲しみのときも、富めるときも、貧しいときも、これを愛し、敬い、慰め、共に助け合い、その命ある限り真心を尽くすことを誓いますか？」

アルを見上げれば、青い瞳に見つめられる。

「はい、誓います」

青い瞳が嬉しそうに細められた。

「それでは互いに指輪を交換し、誓いの口付けを」

別の司祭様が指輪の置かれた箱を静々と運んでくる。

細身の銀色の指輪には青い宝石が並んでいた。

その片方をアルが手に取る。

「ミスティ、左手を」

言われて、左手を差し出した。

恭しくわたしの手を取り、薬指に指輪が通される。

「この宝石は僕が生まれた日に、いつか結婚した時に指輪にしてほしいと、両親が買ってくれたものだ」

両親と聞いて公爵夫妻のことかと思ったが、生まれた時ということはもしかしたら両陛下のことかもしれない。

……そ、それってかなり価値のある宝石なのでは⁉

ギョッとするわたしにアルが目元を和らげる。

「ミスティにはこれからも、僕の色を纏ってほしい」

指輪の青い宝石は確かにアルの瞳とそっくりだった。

わたしも残りの指輪を手に取った。アルが左手を出してくれたので、丁寧に、その薬指へ指輪を通し、そのまま絡めるように手を繋ぐ。大きな手の温もりが心地好い。

「うん、ずっとアルの色を纏うよ」

抱き寄せられる。

アルの顔が近付いてきたので目を閉じる。

唇に柔らかな感触がそっと触れて、離れていった。

目を開ければ間近にアルの顔があった。その顔を両手で包み、顔を寄せ、わたしのほうからもう一度口付ける。誓いの口付けが一度だけなんて決まりはない。

「ずっとわたしの旦那様でいてね」

アルの目元が赤くなり、青い目の瞳孔が縦に裂ける。

包んだ頰、髪の隙間から僅かに鱗模様が見えた。

……可愛い。

「ああ」

そうしてアルが嬉しそうに笑った。瞬間、わっと歓声が上がった。

美しいステンドグラスから差し込む光の中。それを受けてキラキラ輝く金髪に、真っ白なタキシード姿のアルが幸せそうに笑ってわたしを見つめている。

「女神に誓って、僕はミスティだけのものだ」

いつか想像した光景がそこにあった。

◇◇◇

……姉上が幸せそうで良かった。

視界が滲む目元を袖で拭いながら、イシルディンは心から安堵した。

両親が亡くなった後、領地を叔父に任せ、荒んだイシルディンを連れて王都へ出た姉にはずっと苦労をかけ続けた。幸せになってほしいと願っていた。きっと両親もそう思っていたはずだ。

顔を上げれば、真っ白なドレスに身を包み、幸せそうに笑い合う二人がいる。

その姿に、瞬きをする度に涙かこぼれそうになるのを耐えた。この光景を見逃したくない。

「うう、ミスリル、幸せになれよ……‼」

と、横で叔父が腕に顔を埋めて泣いている。

それに思わず噴き出してしまった。

「叔父さん、涙を拭いてください」

ハンカチを差し出せば、叔父がそれを受け取った。

「ああ、悪い、ありがとうイシル。っ、お前も本当に良い子に育ってくれて……！　俺は何もしてないのに……‼」

「そんなことありません。叔父さんが領地を支えてくれたからこそ、僕も姉上も、ここまで無事過ごすことが出来ました。ありがとうございます」

「おい、イシル、これ以上泣かせないでくれ……‼」

あまりに泣くので叔父の背をさすっていれば、それに気付いた本日の主役二人が顔を見合わせ、苦笑している。

「ほら、泣いてないで姉上達を祝福してあげてください」

「ああ、結婚おめでとう！　二人で幸せになるんだぞ‼」

他の人の声をかき消すくらい大きな叔父の声に、二人が笑顔を見せる。

見ているこちらが心温かくなるような笑みだ。

……ずっと、この光景が見たかったんだ。

目を閉じ、そして教会の天井を見上げる。

そこには天の国を描いた色鮮やかな天井画があった。

「……父上、母上、見てる？」

……姉上のことを心配しなくても大丈夫だよ。

顔を戻せば、社交界で『氷の貴公子』と呼ばれた人が、姉に負けないくらい嬉しそうに微笑んで、姉を抱き締めている。

……僕ももう、小さなイシルじゃない。

これからもっともっと勉強して、やがてはリルファーデ子爵領を継いで、大切なみんなを、両親が愛した領地を守っていくから。もう、二人が心配する必要はないから。

「だから、応援してて」

姉のことも、自分のことも、これからは応援してほしい。

ふと視線を動かせば、姉の親友である子爵令嬢も叔父ほどではないけれど、感動した様子でポロポロと涙をこぼしていた。公爵夫人も泣きそうな様子で、魔法士団・紫水の士団長様だろう人が祝福のためか拍手をする。

その拍手が広がって、みんなが二人のために手を叩いた。

二人が嬉しそうに招待客へ手を振る。

「ありがとうございます！」

「ありがとうございます」

重なった二つの声が教会内に気持ち良く響く。

「ほん、本当に、良かったなあ、ミスリル……！」

と横で叔父がやっぱり大泣きするので、その背をまたさする。

姉達を祝福してくれる沢山の人々の存在が、とても心強かった。

◇◇◇

式後は公爵家へ戻り、次は披露宴である。化粧も髪型もドレスも変更するので慌ただしい。

真っ白なウェディングドレスから一転、今度は青い綺麗なドレスに着替え、髪も可愛く纏めてもらい、メイドさん達はわたしの支度を終えると少しホッとした様子であった。

支度を終えて少しすると部屋の扉が叩かれた。

「どうぞ」

と、声をかければ扉を開けて、アルが現れた。

そのアルも紺色に近い衣装を着ていた。

「招待客が全員、到着したみたいだよ」

「じゃあ挨拶に行かないとね」

近付いてきたアルが手を差し出した。その手を取り、立ち上がる。

部屋を出て、披露宴の会場となっている庭園へ向かう。

「それにしても、さっきのブーケトスは面白かったね」

ふふ、と思い出し笑いをするわたしにアルも微笑む。

「あの時のアリエラ嬢の表情は確かに少しおかしかった」

「『え、私？』って顔してたもんね」

式の時に行ったブーケトスには数名の若い、未婚の令嬢が参加した。そこにはアリエラも参加したのだが、わたしの投げたブーケが吸い込まれるようにアリエラの手元に落ちたのだ。

恐らく、取るつもりなんてなかったのだろう。飛んできたものを受け止めてしまったという様子で、ブーケを手にアリエラは酷く驚いた表情を浮かべていた。

「アリエラも初恋の人が見つかるといいのになあ」

アルが不思議そうに小首を傾げる。

「初恋の人が忘れられなくて婚約もせずにいるということ？」

「ハッキリそうだって聞いたことはないけど、昔、花祭りの日に助けてもらった人が忘れられないんだって。アリエラがおじさま好きっていうのも、それが理由みたい」

その話をする時のアリエラは恋する女の子という感じでとても可愛くて、わたしも親友の初恋を応援している。

「でもあんまり相手のことを覚えていないみたい。子供の頃の話だし、迷子で気が動転していただろうし」

「服装などで分かりそうなものだけど……」

「うーん、どうかなあ……」

話ではかなり泣いていたそうなので、涙で滲んだ視界では細かなところまでは見えていなかったのではないかと思う。

ただ、優しく引いてくれた手が大きくて温かかったこと、見下ろしてくる緑の瞳がとても綺麗だったことだけはよく覚えているそうだ。

そんな話をしつつ、庭園へと到着する。

今日はいい天気なのでそれぞれのテーブルには大きな日傘が差してあり、一つのテーブルに四人が座るという形になっている。

まずはお互いの家族への挨拶だ。

公爵家の方々のところへ向かう。

「本日は出席してくださり、ありがとうございます。皆様に見守っていただけてとても嬉しいです！」

「父上、母上、兄上、義姉上、ご出席ありがとうございます」

挨拶をすると公爵家の皆様が微笑んだ。

「結婚おめでとう、アルフリード、ミスリル嬢」

「おめでとう、二人とも。あなた、これからはミスリルちゃんは私達《わたくし》の家族よ」

「ああ、そうだな。今後はミスリルと呼んでもいいかい？」

お義父様の言葉にわたしは笑顔で頷いた。

「はい、もちろんです、お義父様！」

お義兄様が微笑ましげに目を細めてわたし達を見た。

「ついにアルフリードも結婚か。妻を蔑ろにしないようにな」

どこか嬉しそうだけど、寂しそうでもあった。

「はい」

「たまには公爵家にも顔を見せるんだぞ」

「はい」

アルが僅かに苦笑する。

結婚後、三日ほどは公爵家で過ごすし、同じ王都内で暮らしているのだから会おうと思えばいつでも会えるのに、まるで遠くへ行ってしまうような雰囲気をお義兄様は醸し出している。横でお義姉様が「あらあら」と微笑んでいた。

「いつまでも引き止めていたら悪いわ。さあ、皆様にご挨拶していらっしゃい。きっと皆様も祝福してくれるでしょう」

と、お義母様がおっしゃってくれたので、わたし達は礼を執ってからテーブルを離れた。次はわたしの家族へ挨拶だ。

すぐ横のテーブルへ移動すれば、そこにはイシルディン、叔父様、アリエラが座っていた。アリエラは友人だけど、わたしの友達はアリエラくらいだし、一人で一つのテーブルに座るより、イシルディン達と同席したほうがいいと思い、そうしてもらった。三人は昔から知っている仲だから気まずいということもないだろう。

「ミスリル、アルフリード、結婚おめでとう……‼」

と、泣き顔の叔父様に出迎えられる。

式の間もずっと泣いていたのに、まだ足りないらしい。

その横にいるアリエラも少し目尻が赤い。

「ミスリル、アルフリード様、おめでとうございます」

「姉上、義兄上、おめでとうございます」

と、アリエラとイシルディンも祝福してくれた。

アルと二人で「ありがとう」と礼を執る。

「もう、叔父さん、せっかく泣き止んだかと思ったのに」

「仕方ないだろう！　生まれた時からお前達のことを見てきたんだ、これで泣かない奴がいるものか……！」

うおおっ、とまた泣く叔父様に少し呆れながらも、それほど喜んでくれていることが嬉しい。

「叔父様、ハンカチをどうぞ」

と、わたしが差し出したハンカチを叔父様が受け取る。

「ああ、すまない……」

そうして、今まで使っていたハンカチでチーンと鼻をかんだ。

イシルディンが「叔父さん……」と苦い顔をする。

「僕のハンカチで鼻をかまないでくださいよ。公爵家からいただいたものなので、綺麗に洗って返してくださいね」

「げっ、それを先に言えよ」

「冗談ですよ。僕が買った普通のハンカチです」

慌て出した叔父様にイシルディンが言い、笑いが起きる。叔父様も「これは一本取られたな」と笑ってイシルディンに謝っていた。きっと新品が返ってくることだろう。

「アルフリード様、ミスリルを幸せにしてあげてくださいね。そして、改めて今後ともよろしくお願いいたします」

アリエラの言葉にアルが頷いた。

「努力いたします。こちらこそ、ボードウィン子爵令嬢とは今後も良いお付き合いを続けていただけたら幸いです」

「どうぞ、私のことはアリエラとお呼びください」

「分かりました、アリエラ嬢」

アルとアリエラが互いに頷き合う。

……何か通じ合うものがあったみたい。

何だろうと思っているとアリエラが立ち上がった。

「ところで、ミスリル……」

ズイとアリエラが近寄ってきた。

「あちらの席にいらっしゃる茶髪の男性はどなた……!?」

声を抑えつつも興奮した様子のアリエラに驚いた。

普段は落ち着いた頼れるお姉さんといった感じなので、こんなふうに詰め寄られるのは珍しい。

ちょっと気圧されながらも目で示されたテーブルを見る。

そこにはメルディエル様とウェルツ様、紅玉と琥珀の士団長達が座っていた。茶髪というのはウェルツ様のことだろう。

「えっと、ジョエル＝ウェルツ様のこと？　紫水の副士団長様だよ。わたしの上司で、いつも良くしてくださるの」

「……ジョエル＝ウェルツ様……」

　ポーッと見惚れているアリエラにアルと顔を見合わせる。

「アリエラ、どうしたの？　ウェルツ様と知り合い？」

　と訊けば、アリエラが恥ずかしそうに目を伏せた。

　顔を両手で覆いながらポツリとアリエラが呟く。

「……あの方、私の初恋の人なの」

「えっ⁉」

　思わずアルと共に士団長様達のテーブルを見る。

　……アリエラの初恋の人がウェルツ様⁉

「お願い、ミスリル、あの方を紹介して……‼」

「わたしは構わないけど……。ウェルツ様、あのお歳だし、結婚してるんじゃあ……？」

　首を傾げたわたしにアルが「いえ」と言った。

「独身だと聞いています。私が副士団長になってからも、それまでも、女性関係については聞いたことがありません。ただジョエル殿は平民です」

　アリエラの目が輝いた。

「それはむしろ良い情報ですわ。ありがとうございます」

　そしてアリエラが良い笑顔でわたしを見る。

「えっと、あっちのテーブルへの挨拶、一緒に行く？」

「アリエラ嬢ならば紹介しても大丈夫でしょう」

アリエラの初恋はわたしも応援したい。

そういうわけで、三人で行くこととなった。

◇◇◇

アリエラ＝ボードウィンがミスタリア＝リルファーデと出会ったのは約十一年前のことだ。

当時、引っ込み思案で気が弱く、なかなか同年代の子供達と馴染めなかったアリエラを両親が心配し、友人であったリルファーデ子爵に相談をした。

その際に歳も同じで女の子であるミスタリアがリルファーデ子爵家にいたため、歳下の子供とならばどうだろうかと二人を引き合わせることになった。

当時アリエラは十一歳で、ミスタリアは八歳。

初めて出会ったのはリルファーデ子爵家の領地にあるカントリーハウスで、応接室で待っていたアリエラとその両親の前に、勢いよく扉を開けて登場したのがミスタリアだった。

「遅れてごめんなさい！」

男の子みたいな格好で現れたミスタリアにアリエラはかなり驚いたのを覚えている。

幼少期のミスタリアは今よりも更に活発な女の子であった。

アリエラは数日リルファーデ子爵家に泊まってミスタリアと遊んだけれど、ほとんどはミスタリアの世話を焼いていたようなものだった。

何せミスタリアは身体強化もあるせいかドレス姿でも駆け回るし、平民の男の子みたいな格好をしたかと思えば本当に平民の子供達と遊び出すし、そうでなくても騎士達相手に剣を振り回すことも多い。

アリエラは後を追いかけながら、いつもミスタリアが怪我をしないかハラハラさせられていた。だけどそれがアリエラには丁度良かった。

危ないことをしたら叱ったり注意をしたり、どんな時でも明るく楽しそうなミスタリアとなら、安心して話すことが出来た。

ミスタリアの弟のイシルディンと三人で遊んだことも多い。

そしてミスタリアについて行くと色々な人と接する機会が増えて、引っ込み思案だったアリエラの性格も変わっていった。

自分の意見を言えないと、とんでもない遊びに巻き込まれることもあったので自然と言いたいことが言えるようになり、気付けば今のように堂々と自分の意見を口に出来るようになっていた。

それからは社交界でも物怖じせずにいられた。

同年代の貴族の子息令嬢なんて、平民の男の子達を相手にするのに比べたら可愛いものだ。

アリエラはミスタリアのおかげで強くなれた。

しかし、ミスタリアの元婚約者とは不仲だった。

イルンストン伯爵令息は昔からミスタリアに対して冷たく、雑な態度を取り、婚約者として最低な男で、それがアリエラにとっては不愉快だった。

イルンストン伯爵令息に婚約者であるミスタリアへの態度を改めるよう何度か言ったこともあった。向こうは多分、それでアリエラを嫌ったのだろう。関わることはあまりなかった。

アリエラと元婚約者が不仲だとミスタリアも気付いていたようで、最初の紹介以降、二人が顔を合わせたことは数えるほどしかない。イルンストン伯爵令息もアリエラを避けていた。

アリエラが歳下や同年代の男性を恋愛対象として見られなくなった理由の一つが、婚約者のミスタリアに対するイルンストン伯爵令息の行動でもある。

歳下や同年代の子供よりも、歳上の大人のほうがずっと優しくて、紳士的で、信用出来る。

自分の矜持を保つために婚約者を見下し、婚約者としての責務も果たさないような男と結婚するのは嫌だし、ミスタリアの結婚相手なのも不満だった。

そう思っていた頃、初めて王都に出て、祭りで迷子になってしまったことがあった。

そこで泣いているアリエラに声をかけて、警備の騎士達の詰め所まで連れて行ってくれたのが初恋の男性だ。

歳上の優しく、紳士的なその男性のことが忘れられず、アリエラは歳上が好きになった。

「君は笑っていたほうが似合うよ。笑顔はね、その人に幸せを呼び寄せてくれるんだ」

迷子のアリエラを詰所までエスコートしながら男性はそう言った。

「こんな祭りの日に泣いて俯いていたら勿体ない。さあ、顔を上げて。大丈夫、君はちゃんとご両親に会えるからね」

「……本当？」

「本当だよ」

男性が立ち止まってアリエラと目を合わせた。

「絶対にご両親と会えるよ。だから泣かないで。君が泣いていると俺も悲しいな」

男性が、貴族の微笑みとは違う邪気のない笑みを浮かべた。

少しヒゲが生えていて、男性はかなり歳上に見えたが、笑顔は少年のように明るかった。

「それに俯いていたらご両親がいても気付かないかもしれない。きっとご両親も君を探している。会った時に泣いていたら、君のご両親が心配してしまうからね」

「だから笑って」と男性が続ける。

穏やかで優しい声に、人懐っこい笑顔に安心した。

柔らかな茶色の髪と緑の目をした人だった。貴族でも平民でもよくいる色合いだ。

男性はアリエラが両親と再会出来るまでそばについていてくれて、でも、アリエラが両親と再会している間に姿を消してしまった。どこの誰なのかも分からない。

両親はお礼をしたかったと残念そうにしていた。

……私もきちんとお礼を言いたかった。

今でもアリエラはその男性が忘れられずにいる。

そのようなこともあり、アリエラはミスタリアの元婚約者が大嫌いだったので、新たにミスタリアが婚約すると聞いて最初は心配した。

しかし紹介された公爵子息は、イルンストン伯爵令息とは違ってミスタリアをとても大事にしてくれる。それに安堵したのは記憶に新しい。

ミスタリアの新たな婚約者アルフリード＝リュディガー公爵令息は社交界で『氷の貴公子』と呼ばれている。常に無表情で淡々としており、人を寄せつけず、告白してくる貴族の令嬢達を冷たく切り捨てる。そういう噂だった。

……まあ、それは噂に過ぎなかったみたいだけれど。

ミスタリアと式を挙げて、幸せそうに笑った彼は『氷の貴公子』などではなくなっていた。

良かった、と思っていたのも束の間、披露宴に出席するためにリュディガー公爵邸へ移動し、そこでアリエラは雷に打たれたような衝撃を受けた。

リルファーデ子爵家の二人と同席したところ、近くに見覚えのある人物を見かけた。魔法士団・琥珀の士団長だ。

弟が琥珀に入団してから何かと迷惑をかけてしまっているので、一度ご挨拶をしようかと思ったのだが、そのテーブルを見て、動けなくなった。

柔らかな茶髪に緑の瞳をした、穏やかそうな男性がいた。

初めて見るはずなのに強い既視感を覚える。

凝視してしまい、視線に気付いたのか男性がこちらを向いた。

目が合うと、照れた様子で会釈をされ、アリエラも咄嗟に同じように返し、俯いてしまう。

……あの方はもしかして……っ。

子供の頃の記憶は曖昧だ。

泣いていたし、不安と焦りばかりが記憶に残っていて、助けてくれた人の顔立ちだってハッキリ覚えているわけではない。

それなのに、どうしてか見た瞬間に分かってしまった。

……私の初恋、花祭りの人。

それから挨拶に来た親友夫妻にアリエラは頼み込んだ。

ミスタリア達が快く頷いてくれたことは幸いだった。

「アリエラ、頑張って！」

小声で応援されて頷く。

二人と共にそのテーブルへ近付いていった。

「本日は出席してくださり、ありがとうございます」

「皆様、ありがとうございます！」

二人が挨拶をして、全員の視線がこちらへ向く。

「結婚おめでとう～。こちらこそ素敵な時間に招待してくれてありがとう。末長くお幸せにね～」

紫の髪を三つ編みにしてメガネをかけた男性が言う。

その横にいた茶髪の男性が頷いた。

「そうですね。二人ともおめでとうございます」

優しい笑顔にアリエラはドキリとしてしまう。

……そう、あの時も優しい笑顔だったわ。

懐かしさと再会した感激とで落ち着かない。

「いやあ、しかしお前達が結婚するとは。婚約した時はかなり驚いたけど、お似合いの新郎新婦だな。おめでとう！」

「ご結婚おめでとうございます。今日のこの良き日に祝福がありますよう、祈っております」

赤い髪の大柄な男性と、初老の男性が言う。

それから視線がアリエラに集まった。

「あ、こちらはわたしの親友です！」

「ミスティを通じて、私も友人として親しくさせていただいております」

と、ミスタリア達が話してくれて、自己紹介をする。

「初めまして、ボードウィン子爵家の長女・アリエラ＝ボードウィンと申します」

「ああ、ボードウィン君の姉君ですね」

琥珀の士団長・シェドア＝オルドレア様が微笑んだ。

「はい、いつも弟がご迷惑をおかけしてしまい、申し訳ございません……」

「いいえ、ボードウィン君は真面目で頑張り屋なので、周りにも良い影響を与えてくれるので助かっています」

「そうおっしゃっていただけると嬉しいです」

弟が琥珀に入団していると聞いて、他の士団長様達が「なるほど」という顔をする。

「俺は魔法士団・紅玉の士団長ガルフェウス＝アルドレッドだ。よろしくな」

「僕は魔法士団・紫水の士団長でナサニエル＝メルディエルだよ〜。よろしくね」

「はい、よろしくお願いいたします」

二人の士団長様の挨拶に礼を執る。

それから、茶髪の男性が口を開いた。

「紫水の副士団長のジョエル＝ウェルツといいます」

……やっと、お名前を聞けた……！

「ウェルツ、様……」

「はい、何でしょう？」

少し戸惑った様子で緑の瞳が瞬いた。

それは明らかに初対面だという雰囲気で、少し切ない。

「あの、実は私、以前ウェルツ様に助けていただきまして……！」

きっと覚えていないとは思っていた。

ああして子供を助けてくれる人なら、多分、他でもきっと誰かを助けているだろう。

それでもアリエラにとっては大切な思い出だ。

たとえ忘れられていたとしても、アリエラは忘れない。

「え？」

やはり忘れているのか戸惑った顔をされた。

全員がウェルツ様を見る。

……忘れられていても仕方ないわ……。

羞恥心なのか、初恋の人の前だからなのか、顔が熱い。

「八年前、花祭りの日に、迷子になっていたところをウェルツ様が声をかけて、詰所まで連れて行ってくださったのです……」

少しでもいい。顔を忘れられていてもいい。

ただ、そんなようなことがあった、というだけでも覚えていてくれたなら……。

「……あ」

ウェルツ様にまじまじと見つめられる。

そして思わずといった様子でウェルツ様が立ち上がった。

「ああ、あの時のお嬢さん！　明るい水色のドレスを着て、髪に同じ色のリボンを編み込んでいましたよね？」

ハッと顔を上げ、何度も頷いた。

「は、はい、そうです！」

「そうでしたか、あの頃はとても可愛らしいご令嬢だとは思いましたが、美しくなられていたので気付きませんでした」

すみません、と言われて慌てて首を横へ振る。

「こちらこそ、申し訳ありません！　いきなり昔の話を持ち出したりして、ご迷惑でしたよね……」

「いえ、あの時のご令嬢がこんなに素敵なレディとなっても、覚えていていただけて光栄です。むしろ私のような平民が急に声をかけてしまい、驚かせてしまったでしょうし……」

なんて互いにペコペコと頭を下げ合ってしまい、紫水の士団長様が「まあまあ、それくらいにしておきなよ～」と声をかけてくれたことで、何とか落ち着いた。

目が合ったウェルツ様が照れたように苦笑する。

「……では、お互い様ということにしましょうか」

その笑顔があの時のものと同じでドキリとする。

「はい。……あの、改めて、あの時は助けていただき、ありがとうございました。両親と共にお礼をしたかったのですが、気付いたらウェルツ様は既にいらっしゃらなくて……」

何故、名乗ることとすらせずに消えてしまったのか。

それがずっと気になっていた。

ウェルツ様が困ったような顔をした。

「あー……お恥ずかしい話なのですが、その当時は副士団長になる直前で、仕事が立て込んで家に帰れないほど忙しく、あの日はやっと仕事を終えて帰宅出来るというところだったんです。身なりを整える余裕もなくて……」

「……そういえばお髭《ひげ》がありましたね」

「ええ、髭を剃る暇もないほどで、迷子のご令嬢を詰所までエスコートしたのは良いものの、貴族のご両親に無精髭が生えた服もよれよれな平民の男が会うのはさすがに失礼に当たると思いまして」

それで名前も告げずにこっそり帰ったというわけだった。

宮廷魔法士だったので詰所の騎士達に訊いても誰か分からないし、茶髪に緑の瞳はごくありふれた容姿なのでこれだけで個人を特定するのは難しい。

その話を聞いてホッとした。

「面倒だから帰ってしまわれたのかと思っておりました」

「まさか、そんなことはありません……！　ボードウィン子爵令嬢には一言断ってから帰れば良かったですね」

家名で呼ばれるのは普通のことだけれど、それが距離を置かれているふうに感じられて寂しい。

貴族では相手の承諾を得るまでは家名で呼ぶのが常識だ。

……でも、このまま『昔助けた女の子』だけで終わりたくない。

親友のように自分も幸せを掴み取りたい。

幸せのブーケを手にしたのは私なのだから。

「っ、ウェルツ様……！」

踏み出す勇気はもう親友からもらっていた。

「私のことはどうかアリエラとお呼びください……！」

ウェルツ様が驚いた様子で目を丸くする。

周りの士団長様達が「おおっ」と小さく声を上げた。

俯きそうになる顔を上げてウェルツ様を真っ直ぐに見る。

「そして、もしお許しいただけるのであれば、ジョエル様とお呼びしてもよろしいでしょうかっ？」

貴族同士で名前を呼び合いたいというのは、あなたと親しくなりたいという意味である。同性同士なら友人に、異性同士だと場合によって異なるが、未婚の令嬢が異性に名前で呼び合いたいと言うのは好意を持っていると告げるようなものだった。

それにウェルツ様が戸惑った様子で視線を彷徨わせる。

「ええっと、私は平民なのですが……」

「身分など関係ありませんっ」

「年齢的にも下手したら親子ほどありますし……」

「助けていただいたあの日から、ずっと歳上の方に憧れておりましたっ。それに貴族では年齢差もよくあることです！　親子ほど歳の離れた夫婦も珍しくはありません！」

ここで諦めたら、今まで思っていた時間も、思いも、何もかもを失ってしまいそうな気がした。

「ずっと、あなたのことが忘れられませんでした……っ」

この思いを否定しないでほしい。

「私はあなたのことが好きです……！」

助けてもらった一度きりでと笑われるかもしれないけれど、それでも、本当に忘れたことなど一度もなかった。どんなに素敵な男性がいても、いつだって頭を過るのは初恋の人だった。

ウェルツ様が考えるように目を伏せる。

たった数秒がとても長く感じた。緑の瞳がこちらを向く。

「ボードウィン子爵令嬢のお気持ちは嬉しいです」

アリエラ、と呼んでもらえなかったことに胸が少し痛む。

「ただ、私は平民で、歳も離れていて、貴族のご令嬢と付き合うには他にも色々と足りない部分があります。あなたのご両親もきっと良い顔はしないでしょう」

言われて、グッと手を握る。

確かに両親は驚くかもしれない。反対するだろう。

平民と結婚すれば苦労することのほうが多い。

「分かっております」

それでも、と思う。

「私は、これからの人生を共に歩むならウェルツ様が良いのです。疲れているのに、親と逸れて泣いている子供を助けてくれた。そんな方だからこそ、ずっと思い続けられたのです」

ふ、とウェルツ様の目尻が下がった。

それはどこか懐かしそうな表情だった。

「……分かりました」

そうして、ウェルツ様は穏やかに微笑んだ。

「まずはお互いを知るために、お友達から始めませんか？　もしかしたら私はボードウィン子爵令嬢が思っているような男ではないかもしれませんし、私もまだあなたのことを何も知りません」

拒絶でも、否定でもない言葉だ。多分、ウェルツ様は身分差や年齢差からそのうち目が覚めるか、知っていく中で諦めるだろうと考えているのだろう。

貴族と結婚出来るかもしれないと喜ぶのではなく。

歳下の子供だと突き放すのでもなく。

「いかがでしょうか？」

むしろ、こちらのために譲歩してくれている。

好きだと言ったアリエラの気持ちを否定しないでくれた。

余計に好きな気持ちが大きくなる。

「はいっ、お友達からお願いいたします……！」

……絶対、絶対に諦めたくない。

「こちらこそ、よろしくお願いいたします」

差し出された手に、アリエラも手を伸ばして握手をする。

「でも、押していくのは構いませんよね？」

「え？」

ウェルツ様の気持ちを射止める努力はしてもいいだろう。

「もし、私と結婚してくださるのであれば、子爵家がウェルツ様の後見となるでしょう。生活面でも援助いたしますし、両親の説得は私にお任せください。必ずや頷かせてみせますわ」

「いや、えっと、お友達から……ですよね？」

「ええ、ですがウェルツ様に『結婚しても良い』と思っていただけるよう努力してはいけない、ということはございませんよね？　これからは私と結婚したらどれほど利点があるのか、お伝えしていきますわ」

そう答えればウェルツ様がぽかんとした後、噴き出した。

「アルフリード殿に押されまくって戸惑っていたリルファーデ子爵令嬢の気持ちが分かりました」

何故かそのテーブルにいた全員が小さく笑った。

繋がったままの手が優しく握り返される。

「実は、今まで仕事一筋だったのであまり女性とお付き合いした経験がないのですが……」

ウェルツ様が気恥ずかしそうに空いた手で頬を掻く。

「あなたとのことは、私もきちんと考えます。だからこそ時間をください。大切なことを勢いだけで決めたくはありませんので」

まっすぐに見つめてくる緑の瞳にアリエラは頷いた。

「分かりました、私もまずは名前で呼んでいただけるよう頑張りますわ」

「……俺、もしかして早まったかなあ」

そう苦笑するウェルツ様の手は、やはりあの時のように大きくて温かかった。

アリエラとウェルツ様の件があった後も、わたしとアルは挨拶回りをして、何事もなく披露宴を終えることが出来た。

叔父様はずっと泣いていて、苦笑するイシルディンに半ば引きずられるように帰って行った。

「後片付けは気にしなくていいから、アルフリードと休んできなさい。疲れたでしょう？」

とお義母様が気遣ってくれて、披露宴の後片付けは公爵家の使用人のみんなにお任せすることにした。アルと二人、公爵邸の居間のソファーでぐったりとする。

「みんなにお祝いしてもらえて嬉しかったけど、疲れたね」

「それにシルヴィオ殿がずっと泣き続けてて、ちょっと驚いた」

叔父様の姿を思い出して苦笑してしまう。

式の最中も披露宴中も本当にずっと泣きっぱなしで、体中の水分がなくなってしまうのではと思うほど泣いていた。

「アリエラのことも。まさかウェルツ様がアリエラの初恋の人だったなんてビックリだよね」

でも、アリエラの初恋の人が見つかって良かった。

……もしかしたら本当に次の花嫁はアリエラかも？

グイグイ押していく姿はウェルツ様が言っていた通り、アルに似ていて少し面白かった。

「でもアリエラ嬢がジョエル殿と結婚してくれたら、彼は貴族の後見を得ることが出来るし悪くないと思う。魔法士団は貴族が多いから、平民というだけで軽んじられることもあるだろうし」

「副士団長様なのに？」

「実力で叩き上げたからこそのやっかみもある」

……やっぱりそういうこともあるんだなあ。

「ウェルツ様も苦労していらっしゃるんだね」

「そうだね」

ふう、と二人で小さく息を吐く。

沈黙が落ちるが、アルと過ごす静かな時間は心地好い。

そっとアルに寄りかかれば抱き寄せられる。

……本当にアルと結婚したんだよね。

何だか、まだ実感が湧かない。夢のようだ。

ふわふわとした幸せの中で揺蕩《たゆた》っている気分だった。

「……ミスティ」

名前を呼ばれて顔を上げるとアルと目が合った。

顔が近付いてきて口付けられる。

ゆっくりと顔が離れ、もう一度――……。

「アルフリード様、ミスタリア様！」

バターンと扉が開かれ、使用人達が入ってくる。

「さあ、さあ、湯の用意が出来ましたのでご案内いたします！　華やかな衣装も素敵ですが、お二方ともお疲れでしょう！」

と、見覚えのあるお義母様の侍女が入ってくる。

アルもわたしも使用人達に連れられて、それぞれ別の部屋へ移動させられた。

使用人達は先にノックをしたそうだが、どうやらわたし達は気付かなかったらしい。

華やかな披露宴のドレスを脱ぎ、体を洗って入浴し、その間に髪を洗ったりお化粧を落としてもらったりした。至れり尽くせりである。

「後ほど薄くお化粧をいたしますね」

なんて言われて首を傾げてしまった。

「またお化粧をするんですか？」

「ええ、大切な初夜ですから。旦那様に美しいと思っていただけるよう、今日まで努力してきたのではありませんか」

「えっ⁉」

……そ、そのために美容関係にあれこれをしてきたの⁉

「結婚式のためじゃなくて⁉」

「もちろん、そのためもございます。ですが、結婚して初めての夜という大切な時間に、愛する男性に『世界一美しい花嫁を手に入れた』と思っていただけたほうがよろしいでしょう？」

ニコニコ顔で返されて、わたしは湯船に深く浸かった。

……確かに、それはそうかもしれないけど……！

そこまで考えてハッと我へ返る。

「でも、アルも美容に凄く時間をかけているって……」

「はい、アルフリード様も大変努力なさっていたそうで。お二方とも、とても頑張っていらしたと奥様よりお聞きしております」

両思いですね、と続けられて羞恥心で今度こそ湯船に沈んだ。

そうして長めにお湯に浸かってから、丁寧に体や髪を拭いてもらい、顔に化粧水などをつける。やはり薄化粧もした。薄手のバスローブを着せられる。

「どれをお召しになられますか？」

ズラリと並べられた夜着に固まってしまう。

どの夜着も向こう側が若干透けていた。

「ふ、普段着ているのではダメですか……？」

「ダメです」

ほぼ食い気味に返された。

……そこまで強く否定しなくても……。

「瞳のお色に合わせて紫も良いですが、清純さを出して白というのも良いと思われます。ここは攻めて黒というのも……」

次々と夜着を見せられて焦ってしまう。

どれがいいのかわたしには全く分からなかった。

ニコニコと笑顔でわたしの反応を待つ侍女さん達に、どうするべきか視線を彷徨わせて、ふとそれが目に留まる。

「あの、あそこにある青色のものがいいです」

わたしが指差したそれを見て、侍女さんが訳知り顔で頷いた。

そして慣れた様子で青い夜着を着せられる。

青い夜着は意外と生地がしっかりしていて、デコルテ部分は開いているけれど、丈も膝上くらいで他のものより長い。よく見ると小花の刺繍もしてあって可愛らしい。

最後に丁寧に髪を梳ると新しいバスローブを羽織った。

「では、まいりましょう」

と背中を優しく押されて部屋を出る。

廊下は暗く、人払いがされているという。侍女さんの先導で向かったのはアルの部屋だった。

侍女さんが扉を叩き、中から「どうぞ」とアルの声がすると、侍女さんが扉を開けてわたしを中へ押し込んだ。比喩表現ではない。本当に、優しくだが背中を押した。

押されたわたしは当然部屋の中へ入る。

振り向いた時にはパタンと扉が閉まった。

……こ、心の準備をする暇もなかった……！

「ミスティ？」

アルの不思議そうな声にギクリとする。

恐る恐る振り返れば、ベッドの縁に腰掛けたアルが、ベッドサイドの明かりに照らされている。

わたしと同様にバスローブを着ていることにホッとした。

……いや、バスローブだけでも心許ないけどね！

ずっと扉の前にいるわけにもいかず、そろりそろりとアルのほうへ歩いていく。足取りがやたらゆっくりなのは無駄な足掻きだと分かっていたけれど、これからのことを考えると、どうしてもアルの顔を見るのが気恥ずかしかった。

時間をかけてアルのそばに行くと、微笑まれる。

「隣にどうぞ」

ぽんぽん、とアルが自分の横を叩いて見せる。

「お、お邪魔します……」

「何それ」

がちがちに緊張するわたしにアルが小さく噴き出した。

……『氷の貴公子』って呼び名もカッコイイけど、もう今のアルに『氷』は似合わないなあ。

婚約して少ししてからメルディエル様がこう言っていた。

「アルフリード君はもう『氷の貴公子』じゃなくて『笑わない魔法使い』だね～」

しかし、今はもう違う。

アルはきちんと笑うことが出来るようになった。

何度見てもアルの笑顔は素敵で、つい見惚れてしまう。

「ミスティも何か飲む?」

その手にはワイングラスがあった。

「アルはワインを飲んでるの?」

「いや、これはただのブドウジュース」

確かにアルコールの匂いは感じられない。

「わたしも同じのにしようかな」

「分かった。ちょっと待って」

言って、アルはベッドサイドのテーブルにあった瓶のコルクを開けると、置いてあったグラスの一つに注いで渡してくれる。

「はい、どうぞ」

「……」

「ミスティ?」

受け取らなかったわたしにアルが小首を傾げる。

「……わたし、アルに『はい、どうぞ』ってしてもらうのが好き」

アルがキョトンとした顔をする。

わたしに何かを差し出す時の言葉なのだが、優しい表情で見つめられるので、何度でもしてほしいと思うのだ。とりあえずそのままでは困るだろうからとグラスを受け取る。

するとアルがまたテーブルへ手を伸ばした。

「ミスティ。はい、どうぞ」

今度は口元に一口大のお菓子が差し出された。

ぱくりと食べればチョコレートだった。甘くて香ばしくて、ほろ苦い。

「美味しい～！」

公爵家のお菓子はどれも、とても美味しい。

アニーの作る素朴なお菓子も非常に美味しいが、公爵家の華やかなお菓子も見た目通りの華やかな味で美味しくて、どちらかを選ぶなんて出来ないくらいだ。

ちなみにアニーのミートパイを手土産に持って来たことがあり、お義母様もお義父様もその美味しさに驚いていた。

あと、アルも実はアニーのミートパイのファンだ。

ドラゴンの呪いの影響は食事の好みなどにも出ているのだが、アルは肉や甘いものが好きで、タウンハウスに招いた時にミートパイを出すと必ず食べている。

……そのこと、アニーも気付いてるんだよね。

誰も何も言わないけれど、アルが来る日は決まってミートパイが出てくるので多分イシルディンやヴァンスも気付いているだろう。

チョコレートを飲み込むと、また差し出される。

「これもどうぞ」

次のチョコレートはお酒に浸したドライフルーツが入っていて、噛む度に果物の甘みとほんのりお酒の香りがしてフルーティーなチョコレートだった。

ブドウジュースのほうは酸味と渋味がやや強く、チョコレートを食べた後の甘い口の中をさっぱりさせてくれる。

この組み合わせだといくらでも食べられそうだ。

二つ、三つとアルが食べさせてくれる。

「アルは食べなくていいの？」

と訊くと頷かれた。

「ミスティに給餌《きゅうじ》するほうが楽しいから。動物の雄が雌に獲物を与えるのは、求愛行動の一つだって知っている？」

え、と開いた口の中にころんとチョコレートが入ってくる。

驚いていると口付けられた。

「……甘い匂いがする」

ふっと間近でアルが微笑む。

……美形の笑顔、やっぱり破壊力が凄い‼

というか、給餌行為が求愛行動の一つなら、これまでアルは婚約してからずっと、わたしに求愛行動を続けてきたことになる。よくあーんしてもらったし、わたしも返していた。

「『呪い持ち』だからか、そういう感覚は動物に近いのかも。いつもミスティが同じように返してくれるのが嬉しかった」

囁かれて顔が熱くなる。

今後は人前で食べさせ合いは出来ないかもしれない。

それが求愛行動だと言われて、他の人の前で、それをしろと言われたらかなり気恥ずかしい。

「もっと食べる？」

訊かれたが、わたしは首を振った。

「色々な意味でお腹いっぱいです……！」

「ミスティって時々、不思議なところで丁寧語になるね」

アルがテーブルにグラスを置いた。

「抱き寄せてもいい？」

「いいけど、何で訊いたの？」

「緊張してるようだから、急に触ったら驚かせてしまうかと」

……あ、やっぱり緊張してるのは伝わってたんだ。

アルの手が腰に回り、優しく引き寄せられる。

流れるように持っていたグラスはアルの手に渡ってしまった。

わたしの分のグラスもテーブルへ置き、アルに両腕で緩く抱き締められる。逃げようと思えば簡単に抜け出せるだろう。

くっついたアルの体温が高いことに気が付いた。トク、トク、トク、と伝わる鼓動も少し速い。一瞬わたしの心音かと思ったが、触れているアルの体から伝わってきていることが分かると、アルも緊張しているんだなと、少し安心した。

「……怖い？」

気遣うような優しい声だ。

「ううん、怖くないよ」

アルの背中に腕を回し、ギュッと抱き締め返す。

それでもアルが緩くわたしを抱き締めるだけだった。

「もし嫌なら拒絶していい。多分、我慢出来なくなる」

静かな声なのにやや掠れていて、ドキリとする。

「それにきっと、普段より呪いが出ると思う」

「……興奮するから？」

「………………うん」

伝わってくる速い鼓動に一度目を閉じる。

怖くないと言えば嘘になるが、アルが怖いわけではない。

こういう行為自体が初めてだから緊張しているだけだ。

アルに触れられるのも、肌を見せるのも、恥ずかしいけれど嫌ではないし、かなりドキドキしているものの、感じる体温が心地好い。

顔を動かせばアルの首元が見えた。

薄っすらだけど、そこには鱗模様が浮かんでいた。

見えなくても、きっと瞳孔も縦に裂けているんだろうなと思うと、きちんと女性として見られていることが嬉しかった。

……わたし、胸もないし、色気もないかもだけど。

背中に回していた手を動かし、少し体を離して、見下ろしてきたアルの頬に触れる。予想通り、青い目の瞳孔は縦に裂けていた。

「嬉しい」

頬に触れる手に、アルの手が重ねられる。

「アルに触れられるのはドキドキするし、緊張するし、落ち着かないけど、嫌じゃないよ。だから、アルの呪い、沢山見せてほしいな」

アルがキュッと唇を引き結んだ。

ほぼ真顔に近かったが、頬に鱗模様が薄く浮かぶ。

「出来る限り、優しくします」

「……はい、お願いします」

二人でふっと笑い、どちらからともなく口付けた。

◇◇◇

翌朝、いつもの時間に目が覚めた。と、思う。

何故断定ではないかと言えば、ベッドから見える範囲に時計がなかったからだ。

……あれ、わたしのベッドってこんな広かったたっけ……？

寝起きもぼんやりする頭でそんなことを考えていると、腰に何かが絡みついた。

「……ミスティ、まだ起きるには早い……」

掠れたアルの囁き声にハッと我へ返る。

見れば、わたしの腰にアルの腕が回っていた。

……わたし、何も着てない！

慌ててシーツを手繰り寄せようとすると、アルの手がそれを阻止するようにシーツを掴んだ。

「髪を下ろしたミスティも可愛い」

寝転がったままのアルがわたしを見上げる。

いくら早朝とは言え、もう日は昇り、室内は薄明るい。

伸びてきたアルの手に引かれ、アルの上へ倒れ込むと、その上からシーツがかけられた。

そしてアルの手がわたしの髪の感触を楽しむように、指で髪を梳きながら頭を撫でられる。

素肌に感じるアルの、意外と筋肉質な体にドキドキと心臓が早鐘を打つ。離れようとしたものの、手をつこうとするとアルの体に触れてしまう。

「ふふ、ミスティ、くすぐったい……」

と、返されて硬直してしまった。

何気にアルの足がわたしの足に絡まっている。

「そんなに怖がらないで。今は何もしないから」

ギュッとわたしを抱き締めたまま、アルが満足そうに小さく息を吐いていて、その呼吸で体が僅かに上下する。宥めるように頭を撫でられ、少しずつ緊張が解れていく。

同時に昨夜の出来事を鮮明に思い出してしまって顔が熱い。

正直、叫びたい気分だったが、早朝からそんなことをするわけにはいかないし、もし叫んで使用人達が様子を見に来たらそれこそ恥ずかしさのあまり死んでしまうだろう。

……アルは絶対に『氷の貴公子』なんかじゃない。

気恥ずかしいけれども、触れ合ったところから感じる体温が心地好くて、抱き締められていると安心感もある。

体から力を抜いて、下にいるアルにへばりつく。

ぐりぐりと額を押しつければ、笑ったのか、微かに振動が伝わってくる。

「このままもう少し寝よう。今日は寝坊しても、きっと誰も怒らない」

「……それはそれで、ちょっと恥ずかしいかも？」

「確かに」

また小さく揺れ、背中をポン、ポン、とゆっくり叩かれる。

子供じゃないのにと思いつつ、感じる一定のリズムにとろとろと眠気が押し寄せてきた。

「……起きたら、一緒に朝食、食べようね……」

わたしの言葉にアルの声がする。

「そうだね。それまでゆっくりおやすみ、ミスティ」

低く、優しい、甘やかな声だった。

◇◇◇

その後、わたし達は太陽が天井を少し過ぎた頃に目が覚めた。

起きた時も、眠る時と同じくアルに抱き締められていた。

アルは起きるとすぐにベッドを出て雑にバスローブを着ると、眠気でぼんやりしているわたしに夜着やバスローブを着せてから呼び鈴を鳴らした。少しして部屋の扉が叩かれる。

「どうぞ」

とアルが声をかければ使用人が一人、扉を開けた。

「軽食の用意を。ああ、急がなくていい」

「かしこまりました」

使用人が静かに扉を閉める。

アルがこちらを振り向いた。

「ミスティ、ちょっと待っていて」

そう言って隣室へ消えていった。

ややあってアルが戻ってきて、わたしの額に口付ける。

「今、お湯を溜めてきたから、歩けそうなら浴室で汗を流してくるといいよ」

「あ、うん」

そろりとベッドから降りて、立ち上がる。

……うん、大丈夫そう。

アルが出てきたほうの部屋へ向かえば浴室があった。

白を基調とした室内には大きめの浴槽が置かれていて、その浴槽にはたっぷりとお湯が溜められ、湯気が上がっていた。バスローブと夜着を脱いで体と髪を洗い、湯船に浸かる。

気持ち熱めのお湯が体に染み込むようだ。しばらく湯船に浸かった後、浴槽から出て、タオルで体を拭く。相変わらず公爵家のタオルは凄く肌触りが良い。

……えっと、あ、これを着ればいいのかな？

置かれていたバスローブを羽織ってみる。

「大きい……」

恐らくアルに合わせて用意されていたものだろう。

わたしが着ると裾が床ギリギリまであった。

……まあ、長い分にはいいよね。

袖を二度ほど折り上げてから浴室を出る。

「アル、お湯を溜めてくれてありがとう」

部屋に戻ると使用人が食事の用意をしていて、ベッドに腰掛けていたアルが振り返った。わたしを見るとふっと目を細める。

「ミスティには僕のバスローブ、ちょっと大きかったか」

立ち上がり、今度はアルが浴室へと消えていった。

食事の用意をする使用人達を眺めていれば、メイドさんが一人近付いてきて、わたしの髪を乾かす手伝いをしてくれた。

「ありがとうございます」

「いえ、お気になさらないでください」

微笑んだメイドさんは、他の使用人と共に下がっていった。

少ししてアルが戻ってくる。思ったより早かった。

きちんと乾かしていないようで髪が濡れていた。

「アル、ここに座って」

ベッドの縁を叩けば素直にアルが座る。

逆にわたしは立ち上がり、アルの首にかけてあるタオルを取り、それでアルの髪をわしゃわしゃと拭く。アルはされるがままだ。気持ちいいのか目を閉じている姿は無防備だ。

丁寧にアルの髪を乾かしていたが、途中で腕を掴まれた。

「ありがとう。もういいよ」

「でも、まだ少し湿ってるよ？」

「これくらいなら魔法ですぐ乾かせる」

アルが小さく詠唱を行い、手から温かな風を出してそれで自分の髪を乾かした。

「それがあるなら、わたしが拭く必要なかったね」

アルが首を横に振る。

「ミスティに乾かしてもらうの、凄く気持ちが良かった。……またやってほしい」

見上げられた。いつもより幼く見えるアルが可愛い。

……仕方ないなあ。

「いいけど、普段はちゃんと乾かしてから出てきてね。アルが風邪を引いたら嫌だから」

「ああ」

抱き締められて、胸元にアルの頭が押しつけられる。

その頭に手を乗せて乾いたばかりの髪を撫でる。

「……そろそろ食事しよっか！」

「そうだね」

どちらからともなく体を離した。立ち上がったアルに手を引かれてテーブルへ移動し、席に着くと、アルが自分の椅子をわたしの席の横へ移動させる。

当たり前のようにわたしの隣へ移動させた椅子に座った。

グラスに水を注ぎ、そのグラスを手渡される。

「ありがとう、アル」

「どういたしまして」

それからアルは一口大のサンドイッチを手に取った。

「はい、どうぞ」

口元に差し出される。

見れば、微笑を浮かべたアルと目が合った。

……昨日わたしが言ったこと、覚えてたんだ。

差し出されたサンドイッチにかじりつく。

食べて、差し出されて、食べて、飲んで、食べて。

わたしがお腹いっぱいになると、アルも自分の食事をする。

「アルも、はいどうぞ」

スプーンでスープを掬い、差し出せば、アルがぱくりとスプーンを口に含んだ。

嬉しそうに目を細めるので、そのままスープを何度も掬っては食べさせ、掬っては食べさせる。

面白い。

「ミスティが『はい、どうぞ』が好きな理由、分かった」

頬杖をつき、そう言ってアルがまた口を開ける。

結局、スープを全て食べさせるとアルは満足そうだった。

……ちょっと腕が疲れたけどアルが嬉しそうで何よりだ。

「片付けは後でいいか」

ひょいと抱え上げられ、ベッドへ移動する。

丁重にベッドの上に下ろされると横にアルも寝転がった。

「……食後、すぐ横になるって気持ちいいね」

わたしのほうへアルが体を向けたので、わたしもアルのほうへ体を向ける。

「こんなに何もせずに過ごすのって子供の頃以来……。ううん、あの頃だってこんなにのんびりすることはなかったかも」

「元気いっぱいだったから？」

おかしそうに小さく笑うアルに頷き返す。

子供の頃は暇さえあれば動き回っていたし、雨の日でも屋敷の中で遊んでいたので、何もせずダラダラするのはいつぶりだろうか。

「そう、毎日駆け回って、服を汚してはよくお母様に怒られてたなあ」

「子爵家があった、あの村の子達と遊んでいたって話してたね」

「うん、前の婚約者と婚約するまでだけど。婚約してからは泥だらけになって遊ぶってことはなかったよ。まあ、その分、騎士達と剣の訓練を沢山してたから結局は同じようなものだよね」

……元婚約者が嫌な顔をしたのも当然だ。

貴族のご令嬢らしからぬ振る舞いだった。

「そこがミスティの良いところだよ。明るくて、元気で、真っ直ぐで、素直で、だからこそ僕はミスティに惹かれたんだと思う」

よしよしと頭を撫でられる。

その手がわたしを抱き寄せた。顔が近付き、口付け合う。

「……今日は僕と一緒にずっとダラダラしよう？」

可愛いアルのお願いにわたしも笑顔で頷いた。


結婚式を挙げてから、そんなふうにアルの部屋で二日過ごし、三日目はお義母様とお義父様と小さなお茶会をすることになった。

お義兄様とお義姉様は予定が合わないそうで、朝食の席で謝ってくれたが、その気持ちだけで十分だ。また今度、集まる機会はあるだろう。

公爵邸にいくつかあるサロンの一室に招かれた。

「まったく、結婚して嬉しいのは分かるけれど、少しは私《わたくし》達がミスリルちゃんと過ごす時間をくれてもいいでしょう？」

アルはこのまま三日目も二人で過ごすつもりだったようだが、朝、お義母様が部屋に来たのだ。

家族になったのに一緒に過ごす時間もないなんてありえない、とアルに抗議し、アルは最初は少し渋ったものの、お義母様には勝てなかったようだ。

もう、と怒るお義母様の横でお義父様が笑う。

「まるで結婚当初の私達のようで微笑ましいじゃないか」

「笑い事ではありませんわ。明日にはアルフリードも子爵家のタウンハウスに移ってしまうのに、私《わたくし》達のことなんてさっぱり忘れているのよ？」

「結婚したばかりはそんなものだろう？　私も君の待つ家に早く帰りたくて、仕事もそこそこに馬車に飛び乗って御者を急がせたさ」

お義父様の言葉にお義母様が「まあ」と照れた様子で頬に手を当て、それから「……それなら仕方ないわね」と扇子で顔を隠した。嬉しそうな雰囲気が伝わってくる。

「お二人は恋愛結婚だったんですか？」

「ええ、そうよ。この人が私《わたくし》に一目惚れして、結婚を申し込まれたの。でも、その当時、お互いまだデビュタントもしていなかったのよ」

ほほほ、とおかしそうにお義母様が笑う。

「年齢なんて気にしていたら君を他の男に奪われていただろう。実際、若い頃は可愛らしかったが、成長したら美しいレディとなって大勢が君に求婚したではないか。私はいつも気が気じゃなかったというのに」

「ふふ、確かにあなたったら、夜会では絶対に私《わたくし》を一人にしなかったわね」

今でもとても美しいお義母様なのだ。若い頃はそれこそ誰もが振り返るほどの美貌だったはずだし、婚約していたとしてもお義父様は他の男性を牽制し続けたのだろう。

「そういえば、父上は母上に対して少し過保護なところがありますよね」

とアルが言い、お義父様が頷いた。

「当然だ。ディアナに何かあれば、私も生きてはいけない」

「あなた……」

お義父様がお義母様の手に、自分の手を重ね、お二人がジッと見つめ合う。思い合う二人はとても素敵だった。

「こういうところは、アルとお義父様はそっくりだね」

横にいるアルへこっそり囁けば、青い瞳が和やかに細められる。

「そうだね、僕は父上に似たのかも」

「笑い方もそっくりだもんね」

控えている使用人達も微笑ましいという表情だ。

わたしも思わずニコニコしていたが、お義母様がわたしとアルの視線に気付くと、こほん、と誤魔化すように咳払いをした。

「私《わたくし》達のことはともかく、アルフリード、あなたきちんと明日の準備は出来ているの？」

「はい。とは言っても、使用人達がほとんどやってくれているので、私がするべきことはありませんが……」

「そうだろうと思ったわ」

パチリとお義母様が扇子を閉じて鳴らすと、控えていた使用人達が動き、サービスワゴンを押して近付いてくる。

「アルフリード、これを持って行きなさい」

お義父様がそうおっしゃり、お義母様が頷く。

そのサービスワゴンの上には宝石箱がいくつか置かれており、クッションの敷かれた箱には大小様々な大きさ、色、形の宝石が収められている。

かなりの量に思わずアルと顔を見合わせた。

「父上、母上、これは一体……？」

「あなた達二人とも仕事をしているけれど、暮らしていく中で何かと入り用になることもあるでしょう」

「もちろん、何かあれば迷わず公爵家を頼りなさい。ただ、ある程度の金は有事に備えて用意しておくべきだという話が出た」

お義父様がおっしゃるには、わたしがアルに嫁いだという形になっているが、実際はアルがリルファーデ子爵家の下に行くことで公爵家から出るようなものだ。だからこそ、息子夫婦を応援したいということだった。

「換金するも良し、装飾品にするも良し。好きなように使いなさい。もし使わずとも、いずれ二人の子が受け継ぐことも出来る」

子、と言われてむず痒い気持ちになる。照れくさいような、気恥ずかしいような、でも、アルとの間に子供が出来たらきっととても幸せだろう。

「この世には金では買えないものもあるが、大抵は金さえあれば何とかなる」

「私達《わたくし》を安心させるためと思って、持って行ってちょうだい」

人生の先輩であるお義父様とお義母様にここまで言われたら断ることは出来ないだろう。

アルも、自分に向けられた愛情と気遣いに微笑んだ。

「……分かりました。父上、母上、ありがとうございます」

それにお義父様とお義母様も嬉しそうに微笑む。

でも、別の不安はある。我が家は街中にある、少し大きな家みたいなものなので、こんな高価な宝石達を安全に保管しておけるかどうか……。

……うん、保管に関してはアルに全部任せよう。

ヴァンスやアニー達がこれを見たらひっくり返るだろう。

多分、自分達では管理出来ないと言うに違いない。

「それから、ミスリルちゃんにも結婚祝いがあるのよ」

と、高価そうな装飾品が更にいくつか運ばれてきて、これはさすがに家で保管出来ないので公爵家に置いてもらうこととなった。

「そうすれば、これを理由にお義母様達に会いに来られるかなあと思いまして……」

「まあ、ミスリルちゃんもアルフリードも、いつでも来ていいのよ？　アルフリードの部屋もそのままにしておくから、たまには泊まりにいらっしゃいな」

なんて、嬉しいお誘いもしてもらった。

「そうだな、イシルディン君も連れて時々、顔を見せに来るといい」

「賑やかなほうが楽しいものね」

お義父様にお義母様、お義兄様とお義姉様、アルがいて、イシルディンがいて、わたしがいて、かなり賑やかになるだろう。

その様子を想像したのかお義父様もお義母様も楽しげで、こんな素敵な人達と家族になれたことが、また嬉しかった。

「はい、次は弟も連れて来ます！」

そんなふうに小さなお茶会は和やかに過ぎていった。

◇◇◇

四日目、今日からアルと共にリルファーデ子爵家へ移る。

お父様とお母様が使っていた寝室をこれからはわたしとアルで使う予定だ。アルの荷物を持ってタウンハウスへ向かうと、イシルディン達に出迎えられた。

「お帰り、姉上」

「ただいま！」

アルがイシルディンと挨拶を交わす。

「アルフリード義兄上も改めて、ようこそリルファーデ子爵家へ。寝室は片付けて、掃除も済ませてあるので、すぐにでも荷物を運び入れられます」

「ありがとうございます、イシルディン」

とりあえず一度タウンハウスの中へ入り、寝室の様子を確認する。家具の大半はタウンハウスにあるものを使うことになっているため、アルの荷物は必要最低限だった。

寝室は小物などがなくガランとしていたが、これから、アルと二人であれこれ物を増やしていけばすぐに華やかになるだろう。

「それにしても、荷物が少ないですね……？」

イシルディンが不思議そうに、アルの荷物を運ぶ公爵家の使用人を眺めた。

「ええ、普段よく使っている物をとりあえず持って来ました。また何か必要であれば、その都度公爵家に取りに行けば良いかと思いまして」

「なるほど」

荷物の運び入れは問題なく終わり、荷解きはアル自身が行うということで、公爵家の使用人達は一礼すると帰って行った。

「荷解きしちゃう？」

と、アルへ問えば首を振られた。

「後でいい。ミスティの荷物も寮から移動させて、それからやったほうが置き場所も決められる」

「それもそっか」

そういうわけで今度は王城へ向かう。今日、わたしは王城の寮を引き払う予定だ。

これについては上司であるイリーナ様にも、メルディエル様達にも、既に許可を得ている。最初は住み込みという条件だったけれど、家から通う者もいるので問題ないそうだ。

……王城の食堂を利用する機会が減るのは残念だけど、やはり自分の家で過ごすのが一番だ。

王城に着き、寮へ向かう。アルには申し訳ないが寮の前で待ってもらった。

お休みをもらう前にほとんど荷物は纏めておいたので、身体強化をかけて鞄をいくつか持ち、最後に忘れ物がないか室内を見回した。

……結局、この部屋とも短い付き合いだったなあ。

二人部屋だったが、最後まで、別の人は入ってこなかった。

誰かとルームシェアというのも楽しそうだったのに。

しかし、これからはアルと同じ寝室を使って過ごしていくので、これはこれでルームシェアとも言える。好きな人と同じ部屋で過ごしていくのが楽しみだ。

外へ出ればアルが鞄を持ってくれて、一緒に馬車へ行き、荷物を積み込んだ。

その後、王城内にある魔法士団の使用人を統括しているイリーナ様の部屋に寄った。

扉を叩くと中から「どうぞ」と声がする。

「失礼します」

「……失礼します」

アルと共に入れば、室内にいたイリーナ様が、おやっという顔をして持っていたペンをペン立てに置いた。

「ミスタリア＝リルファーデ、本日をもって寮を退室させていただきます。短い間でしたが大変お世話になりました！」

イリーナ様が微笑んだ。

「先日はお式にお招きいただき、ありがとうございました」

そう、実はわたしの上司なのでイリーナ様も結婚式に招待していたのである。

「こちらこそご出席いただき、ありがとうございました！」

「とても素敵なお式を挙げられて良かったですね。あなたがいなくなると少し寂しいですが、仕事は今まで通りですので、これからもよろしくお願いいたします」

「はい！　今後ともよろしくお願いいたします！」

わたしとアルとで一礼し、イリーナ様から渡された寮の退室届にサインをして返す。これでもう寮生活は終わりだ。部屋を出て廊下を歩いていると後ろから声をかけられた。

「おう、二人とも！」

振り返れば、紅玉の士団長であるガルフェウス＝アルドレッド様がこちらへ近付いてくるところだった。

「私服で来てるなんて珍しいな」

アルもわたしも私服なので目立ったのだろう。

「今日で寮を退室するので、荷物を取りに来ました！」

「子爵家から通うのか？」

「はい、結婚後は子爵家《うち》のタウンハウスで一緒に暮らそうと決めていたんです」

そうかそうか、と紅玉の士団長様が笑い、アルの背中を叩く。

「新婚生活を楽しむのはいいが、仕事に身が入らない、なんてことにならないように気を付けろよ！」

「……それはないと思います」

少し嫌そうにアルが眉根を寄せながら答えた。

「まあ、同じ職場だしな。家でも仕事でも会えるなんて羨ましい限りだが、他人同士が一緒に暮らすってのは何かと不便もあるから、しっかり話し合って解決しろよ」

そう言われてアルと二人で頷いた。

「もちろん、そのつもりです」

「はい、そうします！」

「そうか、ならいい！」

そして士団長様はアルの顔を覗き込んだ。

「アルフリード、お前、ミスリル嬢と会ってから表情豊かになったよな。それだけでお前達の出会いが良いものだったって分かるぜ。ナサニエルも『氷の貴公子』じゃなく『笑わない魔法使い』になったって言ってたしな」

アルが微妙な顔をして、わたしは笑った。

「アルドレッド様、アルはよく笑っていますよ」

「らしいな。俺にはさっぱり分からんが。二人とも、良い新婚生活を。じゃあまた今度な！」

と、士団長様は言うだけ言って廊下の向こうへ歩いて行った。

アルと顔を見合わせ、そして小さく噴き出した。

「帰ろっか、アル」

「そうだね、ミスティ」

誰に会っても結婚の話が出てくる。

それだけ気にかけてもらえているということだろう。

馬車へ戻り、子爵家のタウンハウスへ帰ることにした。

「あら、奥様、お帰りなさいませ。お早いですね」

帰るとアニーが驚いた様子で出迎えてくれた。

「うん、荷物は纏めてあったから」

「そうなんですね、お手伝いしましょうか？」

「アルと二人でやるから大丈夫！」

振り向けば、アルがタウンハウスの玄関に立っている。

その姿は少し戸惑っている風にも見えた。

「今日からここはアルの家でもあるからね！」

アルが顔を上げてわたしを見る。

横にいたアニーも微笑んだ。

「そうですよ。おかえりなさいませ、旦那様」

わたしとアニーとで待てば、青い瞳が嬉しそうに細められる。

「……ただいま」

「おかえり、アル！」

アルの手を取り、荷物を持って、寝室へ向かう。

「さあ、わたし達の寝室、整えちゃおう！」

これからはここがわたし達の家である。


それから荷解きを二人でしたが、アルもわたしもそれほど荷物が多くなかったため、午後のうちにそれも終わり、夜はアルの歓迎会とわたしの帰りを祝うこととなった。

アルとイシルディンとヴァンスとアニー、そしてわたし。

五人でテーブルを囲んでの食事はとても楽しかった。

「イシルディン、そちらの皿を取っていただけますか？」

「これですか？　どうぞ」

「ありがとうございます」

目の前を皿が通り過ぎるのを見る。

「ずっと気になっていたんだけど、どうして二人とも、丁寧な言葉遣いのままなの？」

もうアルとわたしは結婚したので、二人は義兄弟だし、こうして一緒に住むようになったのだからいつまでも堅苦しくする必要はないだろう。

アルとイシルディンがきょとんとした様子で顔を見合わせた。

「アルフリード義兄上は公爵家の方だから……」

「ミスティの弟君に嫌われたくありませんから」

二人が同時に口を開き、互いに目を瞬かせている。

そして、二人は同時に苦笑した。

「良い機会なので、言葉遣いを崩しましょうか」

アルの言葉にイシルディンも頷いた。

「確かに、もう既に義兄《あに》と呼んでいるのに、いつまでも他人行儀なのも変かもしれませんね」

「これからは普通に話そう」

「うん、僕のことはイシルでいいよ、義兄上」

……アルはイシルにも笑えるんだよね。

まだわたしや公爵家以外の人の前ではそれほど笑顔を見せないけれど、やがて『氷の貴公子』という呼び名は消えるかもしれない。

「分かった、イシル」

二人が少し照れたように笑う。

「良かったね、アル、イシル」

　ヴァンスとアニーがうんうんと頷いて、そしてアニーがパチリと手を叩く。

「さあ、今日は張り切って作りましたからね！　沢山食べて、沢山笑って、奥様と旦那様のご結婚のお祝いをしましょう！」

　ヴァンスもアニーもわたしとアルのことを『奥様』『旦那様』と呼ぶようになった。

　一応、公爵家からも使用人を派遣してもらえることになっているが、ヴァンスとアニーがその使用人達に仕事を教えてくれるらしい。いずれは公爵家から派遣された使用人達がタウンハウスの仕事をしてくれるようになるだろうが、しばらくは二人とも一緒にいられるだろう。

「奥様と旦那様の子を見るまで、私は頑張りますよ！」

「引退するのはそれからでも遅くありません」

　と、言うことだった。二人がいてくれるととても心強い。

「旦那様、ミートパイはいかがですか？」

「是非いただきます」

　キリッとした顔で即答するアルに笑いが起きる。

　……まるでお父様とお母様がいた頃みたい。

　毎日が楽しくて、明るくて、幸せだった。

「アニー、わたしも食べる！」

「僕ももらおうかな」

　手を上げたわたしとイシルディンにアニーがニッと笑った。

「じゃあ四等分にして、大きくしてあげましょうか！　今日のミートパイはいつもよりお肉たっぷりの特別仕様ですからね！」

わーい、とわたしがアルの手を取って喜べば、アルが少し驚いた顔をした後、ふっと笑った。

「リルファーデ家の食事は賑やかで、温かくて、とても楽しい」

嬉しそうな、楽しそうな笑顔にわたしも笑う。

「これからは毎日そうだよ、アル！」

アルとみんなと、幸せな毎日を過ごす。

メルディエル様の言っていた『笑わない魔法使い』も、社交界の『氷の貴公子』も、今のアルには似合わない。もうどちらも卒業だ。

「そうだね、ミスティ」

……だって、アルの笑顔はこんなに素敵なのだから！

本書に対するご意見、ご感想をお寄せください。

あて先

〒162-8540 東京都新宿区東五軒町3-28
双葉社　Mノベルスｆ編集部
「早瀬黒絵先生」係／「汐谷しの先生」係
もしくは monster@futabasha.co.jp まで

Mfノベルス

ミスリル令嬢《れいじょう》と笑《わら》わない魔法使《まほうつか》い③

2023年9月11日　第1刷発行

著　者　早瀬黒絵《はやせくろえ》

発行者　島野浩二

発行所　株式会社双葉社
〒162-8540　東京都新宿区東五軒町3番28号
［電話］03-5261-4818（営業）　03-5261-4851（編集）
http://www.futabasha.co.jp/（双葉社の書籍・コミック・ムックが買えます）

印刷・製本所　三晃印刷株式会社

［電話］03-5261-4822（製作部）
ISBN 978-4-575-24670-4 C0093